미래
산책
연습

미래 산책 연습

박솔뫼
장편소설

문학동네

차례

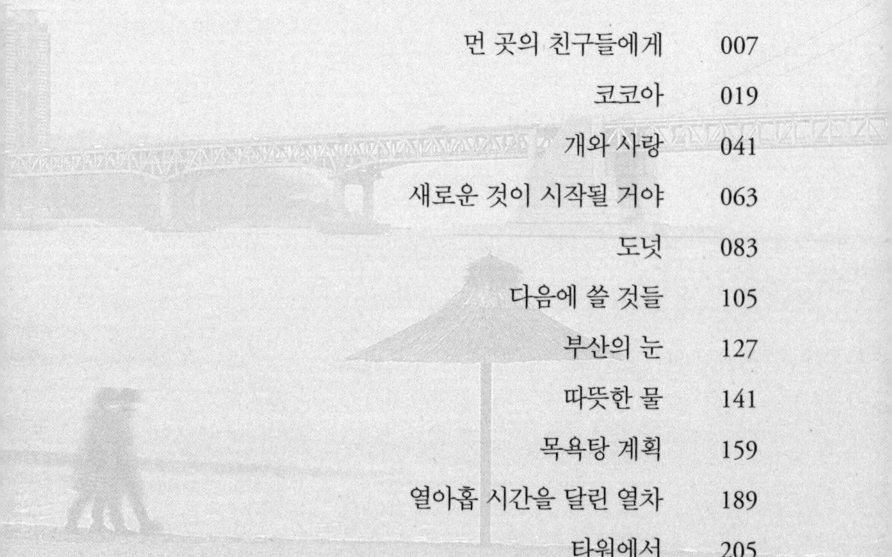

먼 곳의 친구들에게

정승이 어떻게 처음 애인을 만나게 되었는지 수미에게 이야기한 곳은 두 사람이 함께 묵은 호텔방 안이었다. 두 사람은 주로 이메일로 서로의 소식을 전했고 한 달에 한두 번 전화통화로 좀더 긴 이야기를 나누었다. 위태로울 때, 밑으로 꺼져가는 기분일 때, 몸을 일으키기 힘들 때 두 사람은 서로에게 전화를 했다. 그렇게 이메일과 전화로만 소식을 전한 지는 반년이 넘었고, 한동안 만나지 못하다 운이 좋게 시간이 맞아 이번에 함께 호텔에서 묵게 된 것이다. 정승은 오 년 전 이혼을 했고 그 이후로 수미에게 애인을 소개하거나 만나는 사람이 있다고 밝힌 적은 없었다. 그보다는 육아의 고됨, 아이의 놀라운 말과 행동들, 경제적 어려움과 고투, 마찬가지로 이혼한 어머니와의 복잡한 관계 같은 것을 이야기했다.

수미는 지금 내가 무얼 하고 있나, 대학을 졸업하고 한참 지난 뒤 시작한 유학이라는 선택에 대해 공부를 따라가다가도 문득 내가 지금 뭘 하고 있는 거지 하는 생각을 떨칠 수 없을 때가 있었다. 그럴 때 친구인 정승에게 전화를 걸었다. 예를 들어 발표 준비를 하느라 밤을 새워야 할 것 같을 때, 끝없이 스스로가 의심스러울 때 그럴 때 수미는 친구에게 전화를 걸었고 두 사람은 각자의 이야기를 시작하고 또 들어주었다. 수미는 신경이 곤두서고 불안함이 두통으로 나타날 때 정승에게 전화를 걸어 이야기를 털어놓고는 했는데 어째서 자신이 지금 어떻다는 것을 단지 이야기하는 것만으로 두통이 가라앉고 마음이 차분해지고 무언가를 시작할 의욕이 생기는지 늘 조금은 놀라웠고 조금은 안도하게 되었다. 그러다 듣게 되는 정승의 이야기들은 그러니까 예를 들면 오늘 아이가 갑자기 영원히 죽기 싫어라고 말했다는 것, 그때 갑자기 어머니로부터 전화가 왔는데 얼마 전 받은 정밀검사 결과가 음성이었다고 말하며 똑같이 아아 죽기 싫어라고 말했다는 것. 수미는 웃으며 정승의 그런 이야기를 듣다 문득 거울 속 자신의 얼굴이 보일 때, 혹은 차 좀 우리고 올게라고 말하며 뜨거운 물을 컵 안에 따를 때, 그러다 뜨거운 김이 얼굴로 들이닥칠 때 문득 삶이 저곳에서도 다른 모습으로 진행되고 있음을 그 선명한 당연함을 그 순간 이해하게 되고는 하였다.

정승은 그가 일본에서 드문 개신교 신자라고 했고 종교 때문은 아니고 술과 담배를 거의 하지 않는다고 했다. 술은 한 잔만 마셔도 취하고 담배는 학생 때 잠깐 피웠지만 잘 안 맞는 것 같아서 곧 관두었다고. 정승은 그게 왠지 웃기고 좋다고 하였다. 정승은 자신이 담배를 피우는 것이 애인과의 관계에 문제가 되는 것은 아니지만 왠지 신경이 쓰여 평소보다는 덜 피우게 된다고 하였다. 두 사람은 호텔방 안 트윈 침대에 각각 누워 각자의 이야기를 하다가 어느 부분에서는 집중하고 열중하다가 긴장이 풀려 웃다가 쉬다가 하며 다시금 서로의 이야기를 하였다. 정승의 웃는 얼굴이 좋았고 이야기를 하다가 어제 사둔 빵과 푸딩을 꺼내서 주면 기뻐하며 맛있게 먹는 얼굴이 좋았다. 잠시 커피를 마시러 나가기 전 정승은 옷을 갈아입으려 몸을 일으키며 수미에게 물었다.

—이모랑은 무슨 이야기 했어?
—너랑 비슷한 이야기 했지.

수미는 아침까지 함께 있던 언니를 잠시 생각했고 친구에게는 이모라고 말했지만 집에서는 언니라고 부르는 그 얼굴을 떠올렸다. 오늘 아침까지 함께 있던 그 얼굴은 현재의 얼굴과 몇 년 전의 얼굴과 이십여 년 전의 얼굴이 합해져 떠올랐고, 바로 그 언제라고 할 수 없는 얼굴로 남을 것이라는 것을 수미는 깨달았다. 정승은 이어서 너는 어떻게 지내느냐고 물었는데 수미는 문득 시간이 좀더 지나면 누가 누구를 기억하고, 그러니까 사람들이 언니를 기억하고 이야기하는 일이 점점 줄어들고 사라질 것이라는 생각이 그때 들었다. 나는 잘 지냈고 잘 지낼 것이라고 수미는 대답했고 그렇다면 어떻게 처음 언니와 만나게 되었는지를 써둬야겠다고 마음먹게 되었다.

두 사람은 옷을 입고 호텔 근처 찻집으로 갔다. 언니와 세 번이나 들렀던 곳이었다. 익숙한 가게로 들어가 익숙한 메뉴판을 천천히 살피며 수미는 어제와 같은 따뜻한 블렌딩 커피를 주문했다. 주인은 이제 수미의 얼굴을 외운 듯 반가운 표정으로 주문을 받았다. 언니와 처음 어떻게 만났는지 쓰다보면 이야기의 끝은 여기서 커피를 마시고 호텔로 돌아간 것이 될 것이다. 수미는 그것을 기억나는 대로 간단히 써보아야겠다고 생각했다. 정승은 마치 어제의 언니처럼 담배를 집중해서 아껴 피우기 시작했고 그 모습을 보며 수미는 왠지 정승이 곧 담배를 끊게 될 것 같다고 생각했다. 잠시 후 커피가 나오자 정승은 행복한 표정으로 정말 맛있다고 말했다.

—담배가?

—커피가.

—정말? 담배가 아니고? 커피가?

—둘 다 둘 다. 둘 다 같이.

수미와 정승은 웃으며 그래 둘 다 둘 다 말하며 커피를 마셨다. 수미는 이틀 사이 몇 차례나 이곳에 함께 왔던 언니가 마치 이곳 어딘가에서 두 사람을 보고 있는 것 같은 기분이 순간 들었다. 우리 모두는 각각 다른 사람으로 각기 다른 순간과 국면을 가지고 각자에게만 생생한 순간들을 살아가는데 우연히 언니와 함께 커피를 마실 수 있어서 좋았다는 생각, 그리고 그 자리에 친구와 다시 오게 되어서 좋다고 수미는 생각했다. 우리는 웃고 있고 우리는 웃고 있어. 정승은 웃으며 대체 무슨 생각을 하느냐고 물었고 수미는 웃으며 손을 뻗어 정승의 얼굴을 쓰다듬었다.

—

내가 친구로부터 연하장을 받은 것은 새해가 시작된 지 한 달이 넘은 어느 날이었다. 구정이 시작될 즈음이었는데 친구는 새해가 이미 시작되고도 한참이 지났지만……이라는 인사로 메일을 시작하였고 연하장이라고 하기에는 역시 어울리지 않는다고 덧붙이며 물감으로 그린 그림을 파일로 함께 보냈다. 내가 그를 마지막으로 만난 것은 재작년 가을이었는데 그는 그때 삼십대의 마지막 생일이 지났다고 말했다.

—축하해.

—이제 뭐 젊지 않지만.

—아니 뭐 꼭 그런 것 같지는 않은데.

어쨌거나 어린 것은 확실히 아니고 나이든 것도 확실히 아닌 친구의 얼굴을 보며 웃었다. 친구는 그때 그런 말을 했는데 나는 오래 살게 될 것 같지 않아, 일찍 죽을 것 같아. 친척들 중에도 오래 산 사람이 별로 없어서 왠지 그럴 것만 같아. 일찍이 언제야? 이미 일찍은 지난 것 아냐? 내가 묻자 그는 진지한 얼굴로 칠십 살 정도가 아닐까 하고 말했다. 병에 걸려도 아무런 연명치료도 하지 않고 살다가 죽는다면 그 무렵일 것 같다고 하였고 그것은 앞으로 이른 죽음이 될 것이라고 했다. 병에 걸리지 않는다면? 글쎄. 그럼 달라지겠지. 듣고 보니 앞으로는 아니 이미 정말 그런 것일지도 모르겠다는 생각이 들었고 그로부터 일 년이 지난 후 나는 친구가 말한 이른 죽음의 나이에 가까워지는 육십대 여성인 최명환을 만나게 되는데, 최명환은 이른 죽음은커녕 내 주변의 누구보다 활기가 넘쳤다. 최명환이 자주 이야기하는 주제 중 하나는 우리는 어떻게 살아왔고 앞으로 어떻게 살게 될 것인가인데 그런 이야기를 하며 최명환의 집 소파에 앉아 있는 오후의 시간에는 어쩐지 시간은 천천히 흐르고 나는 내가 당장 처리하고 신경써야 할 생활의 여러 문제들은 떠오르지 않고 한 사람의 시민으로 혹은 인류의 일원으로 나 자신을 바라보게 되었다. 그럴 때면 현재를 살고 있는 나는 지금 어떤 시간 속에서 살고 있는가를 생각하게 되었고 그런 식으로 나 자신을 멀리서 바라보며 인식하게 되는 드문 상태 속에 있게 되었다. 돌이켜보면 그 상태는 차를 한 잔 마시는 정도의 시간 동안에만 가능한 것이었다. 차를 마시고 다시 물을 끓이러 갈 때 고개를 돌려 해가 지고 있음을 말하고 자리에서 일어날 때 그 순간 페이지를 넘기듯 그런 시간은 뒤를 돌아 다른 세계로 사라져 갔다.

그런 오후 어느 날 최명환은 자신이 백이십 살까지 살게 될 것을 대비하여 여러 보험과 연금을 들어두었고 아파트도 여러 채 가지고 있음을 밝히며 백 살이 넘으면 자신의 인생을 정리하고 회고록을 쓸 것이라고 하였다. 결혼한 적도 아이를 낳은 적도 없고 당연히 재산을 물려줄 사람도 없으니 미리 잘 준비하고 정리해둘 것이라고 말하는 그의 회고록은 다음과 같이 시작한다.

—제대로 된 매듭을 짓기 위하여 백 살의 생일이 얼마 남지 않았을 때 나는 어떤 식으로 죽어야 할지 선택하기로 하였다. 많은 죽은 사람들이 그것을 나 대신 해두었다. 나는 그것을 읽고 이해하고 나의 상황에 맞게 분류하여 선택하기로 하였다. 나는 내가 어떤 과정을 거쳐 결국에 어떤 선택을 해두었는지 정리해둘 필요가 있다고 생각하였다. 이것은 그 과정을 적은 것이다.

그러나 최명환은 동시에 지구는 그전에 이미 기후변화로 그 끝이 확실히 보이게 될 것이라고 말했다. 그래도 회고록은 쓸지도 몰라. 아무튼 그럴 것이라는 마음으로 모든 것을 준비한다고 했다. 지구는 끝이 날 가능성이 높고 나 자신은 오래 살 가능성이 높다는 그 양쪽 모두를 대비하는 마음으로 살고 있다는 뜻이었다. 나 역시 어떻게 될지 내년의 일도 가늠이 안 되는데 삼사십 년 뒤의 일은 더더욱 확신할 수 없지만 어쨌거나 나는 그때 최명환의 녹취를 푸는 역할을 맡기로 하였다. 최명환은 나에게 그 일을 맡길 것이라고 하였고 나는 아마 거절하지 않을 것이다. 그 일이 힘들어진다면 나는 나보다 젊은 사람에게 그것을 부탁해야 하므로 앞으로 오랫동안 친구를 사귀고 사람들을 만나 밥을 대접하고 커피를 사는 일에 인색해서는 안 된다. 앞으로 수십 년간 사교의 끈을 놓지 않는 사람으로 살다 죽음을 앞둔 최명환이 녹음한 내용을 역시 꽤 나이든 내가 풀다가 아니 이건 이제 나에게도 힘들어요 내 친구를 데려올게요. 그러면 더 젊은 사람들은 아니 이런 것은 이제 다 이렇게 쉽게 가능해졌답니다 말하며 뭔가를 해줄 것이다. 그런 식으로 20세기 중후반에 태어나 살았던 최명환의 이야기는 정리가 될 것이다. 그때 일찍 죽을 것 같다고 말하던 내 친구는 과거 자신의 예언대로 살고 있을지 나는 우리가 함께 녹취를 푸는 것 같은, 내가 도장을 찍으면 너는 종이를 접는, 네가 종이를 접으면 내가 봉투에 넣는 그런 것을 하면 재미있을 것 같다고 생각했다.

—너 근데 칠십 살이 넘었구나.
—오호. 그러고 보니 예전에 그런 이야기를 했었지.

우리는 웃으며 녹취 푸는 일을 나눠 맡고 그런 생각을 하다보니 문득 다급하게 칠십 살이 넘어서 내가 부탁할 일이 생길 것 같아. 일단 되도록 그때까지 사는 것으로 마음을 먹어보지 않을래? 라고 연락을 해야 할 것 같다. 그 이야기를 하기 위해 우리가 만났을 때 나는 마주한 사람의 얼굴에서 칠십 살이 넘은 모습을 그릴 수 있을까. 혹은 백 살이 넘은 최명환은 편한 차림으로 침대에 누워 녹음기를 켠 채 스무 살의 자신을 회고하고 그때 나는 최명환의 스무 살이 그려지지 않고 나의 스무 살도 희미하게 여겨질 것이다. 그러나 빗나갈 것을 생각하지 않고 그것이 정해진 미래라고 우리는 미래에 마주앉아 서로의 이야기를 듣게 될 것이라고 그것을 여러 번 반복하여 익히고 걸치고 입어버리면 나는 그 순간을 어느 순간 겪어버릴지 모른다. 미래에 익숙해지고 미래를 손에 만져본 적이 있는 사람으로 살아갈 수 있을 것이다. 그러고 나서는 문을 열고 나가 하던 일을 가던 길을 이어나갈 것이다.

친구가 메일과 함께 보낸 그림에는 대학 연구실처럼 보이는 방

창 너머로 원숭이와 공작새가 각자 알아서 놀고 있었다. 창 너머에는 숲처럼 나무들이 우거졌고 바닥에는 풀들의 색이 선명했다. 나는 그것이 왠지 미래적이라고 생각했는데 그 창 너머에서 책을 읽고 글을 쓰고 싶었기 때문이었다. 나는 그곳에서 머물며 내가 있는 세계를 생각할 것이다. 그때의 나는 지금의 나와 크게 다르지 않은 모습으로, 그러나 다른 직업의 다른 관계 속에서 나와 비슷하지만 다른 사람으로 책상에 앉아 일을 하다 잠시 창밖을 바라볼 것이다. 그 사람이 살고 있는 세계는 지금보다 더 합리적으로 움직이는 곳이었고 그곳에서 인류는 더 나은 미래를 살고 있었다. 그것이 내가 생각하는 미래였는데 한편으로는 그것이 아주 오랜 시간이 지난 후 내가 회고하게 될 과거의 순간으로 여겨지기도 했다. 최명환의 말처럼 기후가 변화하고 동물들이 사라지고 지구의 끝이 가까워질 때 나는 그 창 너머를 떠올리며 내가 갖고 싶은 미래가 이제는 돌아올 수 없는 아름다운 과거로 여겨질 것이고 그때는 괴로울 것인지 후회스러울 것인지 혹은…… 하지만 그것은 동시에 간절히 되살리고 싶고 만들어가고 싶은 미래이기도 했다. 과거의 사람들이 가져오려 애쓰던 미래는 여전히 미래로 여겨지고 내가 그리는 미래도 미래에는 다시 되살리고 싶은 미래가 될 것이다. 원하는 미래를 그리고 손으로 만져보기 위해 어떤 시간을 반복해야 할까. 나는 그것을 우선 어딘가에 써두어야겠다고 생각했다.

코코아

교도소에서 나온 윤미 언니를 데려온 것은 수미의 외할머니와 아버지였다. 할머니는 왜 자신의 아들이 아니고 사위를 데려갔던 것일까, 시간이 지나 문득 수미는 그것이 어색하다 싶었는데 그때 아버지는 일을 잠시 쉬고 있을 때였기 때문에 시간이 많아서였을 수도 있고 아들이 많은 친가의 둘째 아들인 아버지는 어디서나 어른들을 잘 챙기고 먼저 말을 붙이는 사람이어서 어쩌면 할머니는 아들보다 사위를 편하게 여겨 데려갔을 것이라는 생각도 들었다. 게다가 아들들은 누구도 언니를 달가워하지 않았을 것이었고 그렇다면 데리고 갈 사람이 아버지인 건 당연한 일일 것이다.

그날 할머니도 아버지도 언니를 데려온 후 곧 집을 나갔다. 수미는 할머니가 끓여놓고 나간 미역국을 데우고 김과 김치, 멸치볶음을 꺼내서 상을 차렸다. 언니는 국물만 몇 번 떠먹다가 엄마 이름을 대며 네가 딸이냐고 물었다. 수미는 네 하고 대답했지만 언니와 무슨 이야기를 더 해야 할지 몰라서 어색하기만 했다. 언니는 마른 얼굴에 광대뼈가 튀어나와 있었고 말이 없었다. 잠시 후 언니는 수미가 아주 어릴 때 보았던 기억이 난다고 하였다. 수미가 태어나고 한동안 수미의 가족은 아버지 일 때문에 울산에서 살았고 시간이 지나 학교에 들어갈 무렵에는 윤미 언니가 감옥에 갔다. 언니가 감옥에 간 사이 물론 그 일과는 상관이 없고 아버지의 사업 실패 때문에 형편이 어려워진 수미의 엄마는 수미와 수미의 동생을 데리고 부산의 친정으로 들어갔다. 아버지는 한 달에 한두 번 가족이 사는 부산의 집에 들렀다. 언니는 국을 몇 번 뜨다가 수미의 방에 가보고 싶다고 하였다. 수미는 엄마와 동생과 함께 자는 방을 보여주었다. 언니는 옷도 벗지 않고 옆으로 쓰러지듯 깔린 요 위에 누웠다. 눕더니 거기서 곧 잠이 들었다.

—밥 다 먹은 거예요?
—응.

윤미 언니는 잠이 든 듯 낮은 목소리로 대답하였다. 수미는 국그릇 밥그릇을 부엌으로 옮겼다. 남은 밥을 서서 먹고 미역국 냄비에서 고기를 골라 먹었다. 고기는 맛있었다. 설거지를 하고 상을 닦았다. 아무도 언니가 어디에 있었는지 알려주지 않았지만 지나가다 들은 말들이 어디선가 모여 언젠가부터 언니가 교도소에 있다는 것을 이해하게 되었다. 원래 울산에서 가족들끼리 살았기 때문에 언니가 있고 없고를 생각해본 적이 없었는데 함께 살게 된다면 대학생 언니가 생긴다면 뭔가 좋을 것 같기는 했다. 그런데 언니는…… 대학생 언니라기보다는…… 윤미 언니는 수미가 알지 못하는 외가 친척의 딸로 어릴 때부터 할머니가 데려다 키웠다. 할머니는 언니가 아니라 이모라고 하라고 하였는데 삼촌만 있어서인지 이모라는 말은 잘 나오지는 않았고 엄마도 이모 말고 언니라고 부르라고 하였다. 수미는 밥상을 가지고 방으로 들어와 숙제를 하려고 했지만 자고 있는 언니 얼굴을 보다 말다 집중이 잘되지는 않았다. 작은 숨소리와 함께 언니의 낮게 코 고는 소리가 들렸다. 언니는 어디서 자는 걸까 앞으로 어떻게 사는 걸까. 원래 언니의 방에는 수미네 가족이 가져온 짐들이 쌓여 있었다. 엄마가 짐을 치우기는 하였지만 원래의 언니 방 같지는 않을 것이다. 언니의 방에는 책상과 많이 비워진 책장이 있고 그 책장에는 졸업 앨범이 나란히 꽂혀 있었다. 언니는 한 번씩 앓는 소리를 내며 자고 있었고 수미는 숙제를 하다 고개를 들어 언니를 보았고 언니의 나이를 생각해보고 스물일곱 스물여덟인가 그 나이의 사람은 저렇게 생긴 건가 스물여덟은 많은 나이 같은데 언니는 나이가 많은 것 같은데 그런데 얼굴을 보면 젊은 사람 같다고 스무 살은 그렇다면 저것보다 더 어려 보이는 것일까 서른 살은 저기서 더 얼마큼 나이가 들어 보이는 것일까 생각하다가 언니를 살짝 흔들었다.

—무슨 꿈 꿔요?
—아니, 아니야. 왜?
—소리를 내요.

언니는 아무것도 아니라며 팔로 몸을 감싸며 눈을 감고 다시 잠이 들었다. 큰외삼촌네는 같은 동네 근처에 살았고 이 집에는 할머니와 수미네 가족이 살았다. 학교에 갔다 오면 동생이 있거나 아니면 아무도 없을 때가 많았다. 엄마는 큰외삼촌 가게를 봐주러 나갔고 동생도 친구들과 늦게까지 놀다 올 때가 많았다. 수미는 학교가 끝나면 집에 와서 책을 보거나 가만히 앉아서 무슨 일을 할지 이런저런 생각을 했다. 어떨 때는 한참을 걷다 집으로 돌아왔다. 언니는 그때에도 이 집에 있게 될까. 수미는 몸을 떨다 다시 잠이 든 언니의 얼굴을 보면서 교도소에서 나온 사람들은 어떻게 사는 거지 생각했다. 이렇게 살아 있지만 젊은 얼굴이지만 수미는 언니가 인생을 완전히 엎질러버렸다고 생각했다. 누가 일을 맡길 수도 없고 아무도 언니와 결혼하려고 들지 않을 것이다. 언니는 공부를 계속할까 잘 모르겠다. 누군가 언니의 친구들이 언니를 도와줄까 그렇다면 완전히 말아먹은 건 아닌 것일까. 그러나 어떻게 생각해도 평범한 미래가 보이지 않았다. 완전히 잘못되었다.

교도소 앞에서 언니를 만났을 때 언니 주위에는 비슷비슷해 보이는 남자 여자들이 몇 있었고 그들은 언니와 악수를 하고 어깨를 두드렸다. 그들과 잠시 이야기를 하던 언니를 할머니는 차로 데려왔고 아버지는 차 뒤에서 담배를 피우고 있었다. 수미는 누군가와 눈이 마주쳤던 기억이 나는데 아무래도 그때 그를 쳐다보고 있었기 때문인 것 같다. 그는 귀를 덮은 머리에 마른 몸에 손가락이 길었고 학교 음악 선생님과 무척 닮았었다. 수미는 고개를 바닥으로 내리며 음악 선생님의 이름 세 글자를 조용히 말했다. 차에 타고 다시 한번 그들을 보았을 때 그는 여전히 수미를 보고 있었다. 앓는 소리를 내고 있는 언니를 보며 상 위의 책을 보다가 한두 시간 전 지나온 길들과 한 명씩 본다면 다른 얼굴이었을지 모르겠지만 어쩐지 모두 같아 보였던 마른 남자들과 여자들을 떠올렸다. 나는 이 길을 기억해낼 것이야, 이 표지판을 잊지 않을 것이야 생각하며 외우려고 했던 나무의 모양과 표지판의 이름들을 생각했지만 곧 차 안에서 잠이 들어버려 기억나는 것이 없었다. 어딘가를 벗어난 적이 너무도 없어서 교도소에 가는 길 교도소에서 오는 길을 생생히 기억하고 싶었다. 수미는 매일의 날씨와 지나가는 사람들을 늘 죽을 때까지 기억하고 싶었다.

잠들어 있는 윤미 언니의 얼굴을 보며 서른이 가까운 사람의 얼굴은 이런 얼굴이구나 나는 그때가 되어도 지금을 모두 기억할 것이다. 나는 언제 죽게 될까 할머니처럼 오래 살게 되는 것이 당연한 것 같으면서도 어딘가 도망가고 싶었다. 수미는 어른이 되고 젊고 싶었다. 젊은 어른인 채로 오래오래 살다가 죽고 싶었다. 그래서 윤미 언니의 얼굴을 자주 내려다보며 어른의 얼굴이 어느 정도의 나이로 보이는지 어느 정도의 나이가 젊은 어른으로 보이는지 가늠해보았다.

할머니는 보약을 지어서 돌아왔다. 혹시라도 큰외삼촌이 들르기 전에 들어와서 언니에게 약을 먹였다. 큰외삼촌은 대학까지 가서 데모를 하는 학생들을 곱게 보지 않았고 언니는 데모를 하는 정도가 아니었다. 언니의 방에 요를 펴고 이불을 펼쳐주었다. 좀 전까지 자던 언니는 씻지도 않고 또 잠이 들었다. 그날 근처에 사는 큰외삼촌은 집에 들렀었나 그런 것은 기억이 나지 않는다. 큰외삼촌은 저녁이면 종종 들러 가게 근처 시장에서 사온 것들을 할머니에게 주고 갈 때가 있었다. 과일이나 고기 같은 것들 과자나 음료수 가끔은 양말들. 그날은 어땠는지 기억이 나지 않는데 어쩌면 다른 일들처럼 기억하려고 애쓰지 않아서 기억이 나지 않는 것일까. 아무튼 엄마는 수미를 일찍 재웠고 수미는 언니의 몸에서 어쩐지 물냄새가 연못에서 나는 물비린내가 난다고 생각하였고 자신을 보던 음악 선생님을 닮은 남자와 한 무리의 서로 닮은 사람들 중 몇은 수미를 보고 웃었고 수미는 웃지 않았다. 그럴 필요가 없는데 수미는 그 마르고 입가가 하얀 사람들 서로 잘 웃는 사람들 앞에서 왜 당신들은 웃고 있느냐고 우습다고 말하고 싶었던 것 같다. 절대 웃지 않겠다고 생각했다. 수미는 전혀 웃지 않고 굳은 얼굴로 그 사람들을 보았다. 그런 것들을 포함해 그 모든 것을 다 기억하고 싶었다. 숙제를 다 하고 또 뭘 해야 하지 생각하였고 손가락에서는 아직 참기름냄새가 났다. 남은 미역국이 먹고 싶었다. 동생은 이미 돌아와 잠을 자고 있었고 수미는 집에 오늘따라 사람이 적다는 생각을 했다. 오후에는 수미 혼자일 때가 많았지만 저녁 시간이 되면 큰외삼촌네가 와서 같이 밥을 먹기도 했고 동네 다른 할머니들이 놀러올 때도 많았다. 엄마는 할머니 방에서 외숙모와 셋이서 이야기를 하고 있었다. 들으려고 애를 썼지만 잘 들리지 않았고 그러나 수미는 그것이 언니에 대한 이야기라는 것을 알았다. 언니는 그저 잠을 자고 또 자고 있었다. 감옥에서는 여러 사람이 같이 자겠지 혼자 자는 것이 무서울까 더 좋을까 수미는 자신만의 방이 갖고 싶다가도 혼자 자는 것은 어쩌면 무서울지 몰라, 먼저 잠든 동생을 팔을 뻗어 확인하고 잠이 들었다.

학교에서는 담임 선생님이 수업이 끝나면 교무실로 오라고 수미를 불렀다. 봄이었지만 아직 날씨가 싸늘했고 교복 재킷을 입어도 여전히 추웠다. 추워서 팔짱을 낀 채로 수업을 들었다. 난로 위에는 주전자 속 물이 끓고 있었고 흰 김이 났다. 흰 김을 보자 왠지 배가 고파졌고 유자차가 마시고 싶었고 어묵이 먹고 싶었고 라면이 먹고 싶었다. 음악 시간에는 선생님의 얼굴을 계속 보았지만 막상 얼굴을 보니 어제 본 남자의 얼굴과 닮지 않은 것 같았다. 하지만 그 순간에는 너무 닮았다고 생각했다. 그런 생각을 하며 다시 보니 어제 본 사람의 얼굴이 희미했고 잘 떠오르지 않았다. 선생님을 보다 닮은 듯한 어제의 얼굴을 떠올려보고 선생님을 보며 노래를 따라 부르는 척을 하며 한 시간을 보냈다. 수미는 어제 본 사람과 음악 선생님이 형제라면, 내가 아는 사람과 내가 모르는 사람이 서로 아는 사이라면, 그런 가정을 하자 무척 이상한 기분이 들었다. 왜 내가 아는 사람과 모르는 사람이 서로 아는 사이일까 이상하고 신기하다. 국어 시간에는 난로에서 작게 불이 났는데 어디서 급하게 모래를 가져온 선생님이 불을 껐고 뒤이어 뛰어온 체육 선생님이 소화기를 뿌리고 둘은 문밖에서 다급한 목소리로 이야기를 했다. 다시 들어온 체육 선생님이 난로를 살피더니 구멍을 테이프로 막아서 불이 난 것 같다고 뭔가를 잘 아는 표정으로 말하였다.

—이거 별일 아니니까 집에 가서 또 불났다고 그런 소리 하지 마라. 알겠나?

아무것도 무섭지도 않았고 선생님이 뭔가를 크게 잘못했다는 생각이 들지도 않았다. 조금 들뜨다 만 정도였다. 수미의 소매에서 탄 냄새가 났다. 왜 담임 선생님은 날 부른 걸까? 수미는 난로가 잘 보이는 자리에 앉았으니 불이 난 경과를 물어볼 것이라고 생각했다. 그런다면 불이 난 것을 몰랐다고 그런 일은 없었다고 거짓말을 해야 할까, 아니면 불이 난 것이 맞는다고 체육 선생님이 실수로 난로 어딘가에 테이프를 붙여서 불이 난 것이라고 말씀하셨다고 그런데 절대 말하지 말라고 했어요 저도 집에는 말 안 할 거예요라고 말해야 할까. 수미는 자신이 무얼 잘못했는지 아니면 잘못한 것은 없고 아예 다른 일로 자신을 부른 것인지 그렇다면 그것은 무슨 일일지 생각하며 교무실로 갔다. 교무실 안은 따뜻해서 그것만으로도 긴장한 마음이 풀어지는 것 같았지만 담임 선생님을 만날 생각을 하니 곧 마음이 딱딱하게 굳어갔다. 모과 냄새가 났고 선생님들은 유자차를 마시고 있었다.

—집에 별일은 없고?

—없는데요.

—예전에는 울산에서 살았다고 했나?

—네.

—이사는 왜 왔는데?

—모르겠어요. 아버지 일 때문에요.

—할머니 집에서 산다고?

—네.

—누구누구 사는데?

—할머니랑 우리집이요.

—더 없고?

—없는데요.

—이모 있잖아.

—아, 네. 생각을 못했어요.

—왜 생각을 못했지?

수미는 오래 같이 안 살아서 생각을 못했다고 대답하였다. 선생님은 그 사람이 누군지 다 안다고 하였다. 물론 나만 아는 것은 아니지라고 덧붙이며 수미의 얼굴을 살폈다. 선생님은 몇 살일까, 수미는 윤미 언니라는 갑자기 등장한 얼굴을 측정기로 이 사람은 윤미 언니보다 몇 살 위아래 아주 많이 위 이런 식으로 나이를 가늠해보게 되었다. 나의 집에 사는 사람에 대해 묻는 말에 답을 하다보니 당신도 집이 있고 집에서는 말을 하고 밥을 먹고 할일을 하겠지? 윤미 언니보다 나이가 조금 아니 조금 많이 먹은 이 사람이 집에서는 지금과 같지 않을 것이라는 것이 또 이상하게 느껴졌다. 음악 선생님과 어제 본 사람이 형제인 것을 가정해보았을 때처럼 말이다.

—이상한 행동을 하면 선생님한테 제일 먼저 말해야 된다.

—이상한 행동 뭐요?

—뭔지 몰라서 묻나?

—모르는데요.

담임 선생님은 막대기로 배를 쿡쿡 쑤시면서 뭔지 몰라 정말 뭔지 몰라라고 말하다가 손으로 머리를 밀면서 정말 몰라? 하고 물었다. 수미는 정말 모르겠다고 하였다. 반항하고 싶은 생각이 조금도 없었는데 모른다고 말할 때 어쩐지 잘못된 눈빛을 하고 있다는 생각이 들었다. 담임은 그만 가봐 하였고 수미는 고개를 숙이고 나왔다. 교무실을 나왔을 때 2학년 국어 선생님이 따라 나왔다. 이 선생님은 윤미 언니보다도 어린 사람 같았다. 수미는 한 번도 배운 적 없고 이름도 모르는 선생님이었는데 왠인지 수미의 이름을 알고 있었다.

—너 나 몰라?

—모르는데요.

선생님은 이정숙이라고 쓰인 출석부를 보여주었다. 이정숙 선생님은 이름은 좀 외우고 학교 다녀라, 누가 뭐라고 하면 찾아오라고 하였다. 누가 뭐라고 하는데요? 모르지, 라는 대답을 들으며 수미는 가끔 몸이 지금의 자신과 맞지 않는다는 생각을 했다. 자신은 다른 사람들 눈에 어떻게 보이는지 알 수 없는데 수미는 스스로가 어른이라고 생각될 때가 많았기 때문이다. 그런데 사람들은 나를 어른으로 보지 않겠지. 사람들은 윤미 언니에 관해 물었고 수미는 선생님들이 언니에 관해 관심을 갖는 것이 무서우면서 조금 재미있다고 생각했다. 수미는 교실로 돌아가 가방을 챙겨 운동장을 가로질러 교문을 빠져나왔다. 학교를 나와 버스를 타고 매일매일 버스를 타며 지나는 풍경들을 나는 결코 잊지 않을 것이다. 수미는 그것을 누구에게도 들리지 않게 작은 목소리로 입 밖에 내어 말했다. 언덕을 따라 등을 맞대고 지어진 집들과 아파트와 옥상과 다시 코너를 돌면 바다가 보였고 목욕탕의 굴뚝은 연기를 뿜고 있었다. 이것을 어딘가에 다 적어둘 것이라고 생각했다. 나, 배를 타고 멀리 나가보고 싶어. 비행기를 타도 좋겠지만 어쩐지 비행기를 타는 것은 상상이 되지 않았고 짐을 싸서 배를 타고 먼 곳으로 가보고 싶어. 내가 배를 탈 때 아무도 손을 흔들어주지 않을 것이다. 그랬으면 좋겠다. 멀리 가면 나는 누구의 딸도 친척도 친구도 아닌 사람이 되어 계속 모르는 사람 처음 보는 사람들 사이에서 살게 될 것이고 수미는 정말로 그러고 싶었다. 그때의 수미는 젊고 어른이고 계속 젊고 어른일 것이다. 배가 고팠고 소매에서는 여전히 탄 냄새가 났다. 어느새 집에 도착해 가방을 내려놓고 손을 씻고 방에 드러누웠다. 일어나 방에서 숙제를 하다 라디오를 켰고 수미는 자신이 보지 못한 영화에 대한 이야기와 그 영화의 주제음악을 들었다. 작은 소리로 흘러나오는 이야기에 귀를 기울이고 있을 때 동생은 할머니 방에서 잠이 들어 있고 엄마와 할머니는 목욕탕에 갔고 깨어 있는 사람은 아무도 없나 수미는 라디오 옆에 머리를 대고 누웠다.

—떡이야.

윤미 언니는 쑥떡을 들고 와 상 위에 올려두었다. 이상한 행동, 밤중에 대학생을 만나거나 편지를 주고받거나……

—오늘도 계속 잤어요?
—모르겠어.
—모르겠다고요?
—응 모르겠어.
—왜 몰라요 자고 안 자고를?
—그럼 잤나보다. 학교는 잘 다니고 있어?
—당연하죠.
—너는 이상한 일 없는 거야?
—무슨 이상한 일이요?

—이상한 일. 마음이 괴로운 일.

—모르겠어요.

—왜 모르는데 힘들고 안 힘들고를?

—그걸 모르겠어요.

—집 주변에 누가 서 있지 않아?

—그건 아예 모르겠어요. 나는 옆을 잘 안 봐요.

수미는 버스에서 보는 집들을 옥상 위 빨래들을 옥상 바닥의 색을 바다 위 배를 배에 탄 사람들을 배에 탄 보이지 않는 사람들을 마치 그 사람들이 보이는 것처럼 늘 떠올리려 애를 썼는데 집 주변에 누가 있는지 누가 자신의 옆을 지나가는지는 늘 아무런 기억이 나지 않았다. 나는 눈앞만을 보는 걸까 보고 싶은 것만 보는 걸까. 수미는 혼자서 계속 계속 걷고 싶었고 그러다 어른이 되면 먼 곳에 있고 싶었다. 담임 선생님이 한 이야기는 아무에게도 하지 않을 것이다. 전화벨이 울렸고 전화를 받으러 할머니 방으로 갔다. 동생은 자다 일어나 텔레비전을 보고 있었고 전화를 받았을 때 야, 니 누군데? 니가 조윤미야? 하는 아마도 엄마 또래의 여자 목소리가 들렸고 누구신데요? 라고 묻자 누구신데요? 반문하더니 얼른 바꿔봐라 하는 소리와 수미는 전화 잘못 거신 것 같다는 말을 했다. 뭘 잘못 걸어 집구석이 이상한갑다. 어린아가 맹랑하게 참 대꾸를 잘하네. 수미는 계속 쏟아지는 욕을 듣다가 전화를 끊었다. 무서웠는데 그렇지만 순간적으로 드라마 주인공이 된 기분이 들었다. 괴로운 일을 겪는 불쌍한 사람이 되어 나를 괴롭히는 이들의 전화를 울면서 받는 사람이 되었다. 그러나 전화를 끊자 곧이어 심장이 떨리고 무서워 눈물이 났다. 왜 그런 생각이 들었을까. 이런 전화통화는 드라마에서나 보았기 때문이었다. 화를 내서 사람을 찾고 엄청난 잘못을 한 사람을 벌주고 수미는 잘못이 없었고 자신이 할 수 있는 엄청난 잘못은 상상할 수 없었다. 이어서 다시 전화가 걸려왔다. 다시 걸려온 전화는 같은 반 정승이었다. 정승은 주말에 도서관에 가자고 말하며 뭔가 말하려다가 나중에 보자고 인사를 하며 끊었다. 아니야, 그냥 생각나서 전화했다 하고 말했다. 알았다, 그래 주말에 보자.

윤미 언니는 방으로 갔는지 없고 상에는 쑥떡 한 조각이 남아 있었다. 둥근 상 위에 둥근 접시 위에 얇은 상자 같은 녹색 쑥떡이 정물 같았다. 수미는 그것을 그릴 수 없고 우물우물 먹었다. 수미는 아무것도 알고 싶지 않았고 그런데 이미 다 알아서 더 알 필요가 없는 상태면 좋겠다고 생각했다.

수미가 자주 하는 생각이 있었다. 그것은 커다래서 입이 보이지 않는, 그 정도로 커다란 물고기 입속으로 사람들이 배낭을 메고 유유히 헤엄쳐 들어가는 것이었다. 물고기는 너무나 커다랬고 바닷속이었지만 왜인지 공기도 부족하지 않았고 사람들은 배낭에

싸온 자신의 물건들을 물고기 뱃속에 부리고는 그러니까 책상 의자 이불 같은 것을 잘 정리해두고 살았다. 그 바다는 부산일 것 같지는 않다. 그러나 부산일 수도 있다. 그 물고기가 실은 영도였다던가, 전래동화는 그런 식이지 않나 싶지만 아무튼 영도일 리는 없다. 수미는 거기서 친구들을 만나고 친구들은 모두 엄마 아빠가 없고 동생도 없고 그러나 모두 서로를 사랑했고 격려하고 아꼈다. 수미는 가끔 다시 빈 배낭을 메고 유유히 헤엄쳐 나와서 길을 걷고 먹고 싶은 것을 사 먹었다. 떡볶이와 순대와 칼국수를 사 먹었다. 김치볶음밥을 사 먹고 비빔칼국수를 사 먹었다. 그리고 그때가 되면 자신이 알지 못하는 먹어본 적 없는 음식들, 어디선가 메뉴만 본 팔보채와 양장피와 난자완스 로바다야키 치즈케이크 그리고 스테이크와 라자냐와 비엔나커피와 위스키를 먹게 될지도 모른다. 그렇게 할일들을 하고 나면 수미는 배낭을 채워 다시 물고기 배 안으로 들어갔고 그러다 다시 나와 순대를 사 먹고 돈가스와 라면, 와플과 도넛을 사 먹었다. 맛있는 것을 먹고 걸으며 바닷바람을 맞기도 하고 그러다 수미는 또다른 사람들을 만나 외국으로 간다. 거기는 일본이기도 했고 어떨 때는 알래스카, 어떨 때는 독일일 때도 있었다. 또 어떤 때는 포르투갈이었는데 배와 항구가 있는 거리일 때가 있었고 그래서 수미는 그곳이 바로 포르투갈이라고 생각했다. 수미는 외국에서 일을 하고 조그만 방을 얻고 친구들을 만나고 그렇게 살아간다. 그러던 어느 날 물고기 뱃속에서 함께 살던 친구를 우연히 길에서 마주치고 그들은 시간이 지났지만 서로를 알아보고 그들은 그 짧은 순간 서서히 물고기로 변했다가 다시 젖은 물방울이 되고 길 위에서 사라진다. 수미와 친구는 잠시 길 위에 빗방울 같은 자국을 남기지만 바람이 불고 해가 들면 그 자국도 곧 사라지고 만다. 그러나 또다른 이야기에서 그들은 서로를 알아보고 껴안고 울다 웃으며 안부를 묻고 물고기 배 안에서의 일은 모두 잊은 듯한 각자의 바쁘고 온전한 삶을 나누고 이것이 영원한 끝임을 이해하고 헤어진다. 수미는 그런 생각을 매일같이 했다. 매일매일 반복하고 또 했다.

정승은 단맛이 나는 부드러운 계란말이와 소시지볶음 우엉조림 같은 것을 자주 싸 왔는데 엄마가 일본인이어서 중학교에 들어와서야 김치볶음밥을 처음 먹어보았다고 했다. 떡볶이도? 떡볶이는 먹어봤지. 두 사람은 도서관에서 책을 보다 말다 하다가 지하 매점에서 김치볶음밥과 라면을 사 먹었다. 정말 맛있었다. 왜 맛있지? 두 사람은 맛있다 맛있다 하면서 남기지 않고 모조리 다 먹었다. 왜 이렇게 맛있을까 정말 맛있었다. 정승은 자판기에서 커피를 사주겠다고 했다. 두 사람은 커피를 마시며 커피는 쓰고 달고 맛있다고 생각했다. 오늘은 많이 춥지 않았고 어쩐지 건물 안이 더 추운 느낌이었다. 해가 많이 드는 날이었다.

—너네 이모 있잖아.

—응.

—넌 이모 이야기 알고 있었어?

—뭐를?

—아예 모르는 거야?

—모르겠다. 나는 잘 모르는데.

정승은 예전에 용두산공원 근처 미문화원에 불을 내서 잡혀간 사람 중 한 명이 이모라고 알려주었다. 수미는 아, 나는 잘 몰랐다, 그런 이야기를 집에서는 안 해서 잘 몰랐다, 말하며 조금 놀란 얼굴을 했고 그것은 모두 사실이었지만 수미는 자신이 거짓말을 하는 사람처럼 보일지도 모른다는 생각이 들었다.

—그런데 나도 다른 데서 들었거든. 근데 그런 일이 있었다는 거 기억이 안 나서 무슨 말을 하는 건데? 하고 다시 물어봤었어.

—나는 잘 모르겠다.

—예전에 국민학교 다닐 때 있었던 일 아닌가?

정승은 어릴 때 일들은 잘 기억이 안 난다고 하였다. 수미는 어릴 때의 일들이 잘 기억이 났다. 동생과 길을 잃어버렸던 것 동생이 동물원의 기린을 좋아했던 것 엄마와 백화점에 갔던 것 아빠가 뒤늦게 와서 갈비를 사주었던 것. 정승의 말을 듣고 생각해보면 사실 수미는 별로 놀랍지 않은 것 같다. 왠지 사실 이런 일이지 않았을까, 엄마가 돌려서 말하던 것들 언뜻언뜻 어디선가 들었던 어른들의 대화 같은 것들이 맞춰지며 이런 거였구나 싶었고 이런 순간을 왠지 기다렸던 것 같기도 했다. 이미 어느 정도는 알고 있는 일이었지만 다른 사람의 이야기를 통해 들으니 그렇게 대단한 일인가, 수미는 순간적으로 앞으로 다 망한 걸까 어딘가로 붙잡혀갈까 열심히 해도 누군가 나를 방해하게 될까 하는 생각이 들다 말았다. 언니의 얼굴을 보며 이제 다른 미래는 없다고 생각했던 것처럼. 그런 식으로 나도 끌려들어가게 되는 걸까? 마음 깊은 곳에서는 그럴 리 없다고 생각하면서도 그 순간은 정말 그럴지도 모른다고 생각했다. 그런데 나는 도망갈 것이다 나는 물고기 뱃속으로 들어갈 것이다. 아무도 나를 모르고 교실 안 시계처럼 살고 싶기도 했고 시간이 되면 당 당 울려서 모두가 나를 쳐다보게 만들고 싶기도 했다. 우습다. 수미는 자신이 갈 곳이 있다는 결국의 마지막의 순간에 갈 곳이 있다는 생각을 했다. 정승은 괜히 말했나? 다 아는 줄 알았다. 수미는 모르는데 몰랐는데 근데 괜찮다고 말했다. 종이컵은 이미 식었고 이건 추운 걸까? 아직 춥지 않은 걸까? 수미는 바다를 향해 걸으며 바람이 마구 자신을 할퀴어놓으면 좋겠다고 생각했다. 나는 이렇게 사라져버릴지도 몰라 누가 바닷속에서 나를 건져 갈지도 몰라 수미는 그런 생각으로 옆에서 친구가 무슨 생각을 하고 있는지 어떤 얼굴을 하고 있는지도 모르는 채 바닷바람에 머리가 마구 헝클어지면 좋겠다고 생각했다. 아무 말 없이 잠시 앉아 있다 두 사람은 코코아를 뽑아서 한 잔을 나눠 마시고 버스를 타고 집으로 왔다. 집으로 가는 골목에는 차가 한 대 주차되어 있었고 이것이 언니가 말하던 이상한 일일까 생각했고 언제 거짓말을 해야 할지 그런데 그것이 꼭 거짓말일까 내가 뱉게 될 말이 거짓말일까 생각하며 수미는 집으로 들어갔다. 나는 나의 얼굴이 몇 살로 보일까 내가 너무 어려서 아무데도 갈 수 없다는 것이 그런데 나는 금세 나이를 먹어버리는 것은 싫었고 어른이면서 계속 어른인 너무 나이를 먹지 않은 어른으로 살다가 어느 날 죽고 싶다고 생각했다. 그때가 몇 살일까 고등학교에 가고 대학교에 가고 수미는 스물일곱 살쯤 되면 그게 나이를 너무 먹지 않은 어른이 된 거 아닐까 생각했다. 윤미 언니는 공부를 잘했고 삼촌들이 대학도 보내주었다. 그런데 이제 학교도 못 가고 집에 있다. 수미는 대학에 가보고 싶었고 외국에 가보고 싶었다. 정승은 엄마 아빠와 일본에 가본 적이 있다고 했다. 도쿄에 가보았고 도쿄 디즈니랜드에 가보았다고 했다. 나도 일본에 가보고 싶고 하와이와 시애틀에 가보고 싶다. 런던과 토론토에 가보고 싶다. 밴쿠버와 로스앤젤레스에 가보고 싶다. 수미는 먼 여러 곳에 가보고 싶고 수미는 여러 외국을 갈 것이다.

개와 사랑

내가 최명환을 처음 만난 곳은 부산 중구 대창동 부원아파트 안 부원목욕탕이었다. 나는 탕 속의 최명환을 보며 희고 큰 사람이라고 생각했다. 오십대 후반인가 아니지 육십을 넘긴 걸까 주변의 비슷한 나이대의 얼굴들을 차트처럼 넘기며 짧은 순간 최명환의 나이를 가늠해보려다가 관두었다. 나이가 오십대건 육십대건 그와 무관하게 희고 키가 크다는 것이 더 두드러지는 사람이었다. 귀 위로 올라간 짧은 커트의 흰 얼굴과 그보다 더 흰 몸의 그 사람은 눈을 감고 온탕에 앉아 있었다. 뜨거워서 살이 익을 것 같아. 나는 속으로 일부터 육십까지를 셌다. 평일 오후 목욕탕 안 사람들은 몇 명 되지 않았고 다섯 명 정도일까 나는 그래도 힘을 내어 온탕에서 버티려 애를 쓰며 그런데 왜 애를 써야 할까 왜냐하면 어쨌거나 이미 들어와버렸기 때문이었다. 발을 들인 것이라면 일단 애를 쓰자. 그런 생각으로 나는 내 앞의 이 사람이 나갈 때까지는 버텨보자고 다짐하며 다른 생각을 해보자 다른 것들 뜨겁다는 것을 잊게 해줄 다른 것들을 생각해보자고 그렇게 결정했다. 탕 안으로 몸집이 작은 짧은 파마머리 할머니 한 분이 들어와 몸에 물을 조금씩 끼얹었다. 뜨거웠지만 발끝부터 몸이 서서히 따뜻해지는 것이 좋았고 그렇게 참을 만하다는 생각이 들면 뜨거운 기운이 숨막히게 느껴져 도저히 견딜 수 없을 것 같은 기분이 들고 바로 나가고 싶어졌다. 나는 여러 생각들 나의 앞날 해야만 하는 일들 급하지 않더라도 언젠가는 정리해야 할 것들 시원한 물 당장 나가서 먹을 것 먹고 싶은 것 먹으려고 생각한 것들을 생각했고 그 생각들은 언제 하더라도 늘 집중하게 되는 주제였지만 그럼에도 탕은 뜨거웠고 둘 중 누구도 온탕을 떠나려 하지 않았다. 나는 더이상 참지 못하고 탕에서 나와 자리로 돌아왔다. 몸을 한번 더 씻고 밖으로 나가 물을 한 잔 마시고 돌아와 내 자리에 앉아 조금 쉬었다.

몸이 희고 키가 큰 사람은 내가 사우나에 들어갔을 때도 먼저 자리를 잡고 앉아 있었다.

—아까는 뜨거운 거 잘 참던데?

—아뇨, 너무 뜨겁던데요. 어떻게 그렇게 오래 계세요?
—가만히 있으면 안 뜨거워요.

몸이 희고 키가 큰 그 사람은 내 몸에 자기가 가져온 외국 어디서 사왔다는 소금을 발라주었다. 나는 몸에 발린 소금을 문지르며 소금이 녹아가는 것을 보았다. 소금은 몸 위에서 반짝이다 곧 녹아 물방울이 되었다. 이번에는 그가 먼저 사우나를 떠났고 나는 소금이 완전히 다 녹을 때까지 몸을 문지르다 자리에서 일어났다. 다시 샤워를 했을 때 소금을 문질렀던 몸이 부드러워서 이거 정말 좋은 소금인가보다 하는 생각, 아무 소금이나 문질러도 되는 거 아니었을까 하는 생각들을 하다가 다시 자리로 돌아왔다.

—어디 사는데? 여기는 오는 사람들이 자주 오는 곳인데.

몸이 흰 사람은 내 옆자리에 앉아 있었고 얼굴에 팩을 한 채로 때를 밀고 있었다. 조금도 안 쉬네. 정말 부지런하다.

—도와드릴까요?

나는 그의 등을 밀어주며 서울 사는데 부산에는 잠시 일이 있어 내려왔다고 말했다. 아니 그런데 왜 이런 데로 온 거냐, 목욕을 좋아하면 온천장에는 안 가냐, 신세계 센텀에 있는 곳도 좋다, 무슨 일을 하느냐 질문은 이어졌고 나는 근처 호텔에서 묵는데 걷다가 그냥 들어왔다 직업은 회사원이라고 대답하였다. 그러게 나중에는 온천장에 가봐야겠다는 생각이 들었다.

목욕탕에 들어오기 전 나는 부원아파트 주변을 걷고 있었다. 오래된 건물들을 보면 늘 들어가보고 싶었는데 그중 부원아파트 아니 부원맨션인가 아무튼 그곳에 관심을 갖게 된 것은 내가 묵는 호텔의 창을 열면 정면에 부원아파트가 보였고 아파트 중간에 목욕탕이라고 쓰여 있었기 때문이었다. 아파트 안에 목욕탕이 있는 것일까? 그게 어떤 식으로 가능한 거지 생각하며 나란히 또 가끔은 언덕을 따라 들쑥날쑥 지어진 오래된 건물들을 창 너머로 바라보았다. 호텔에서 커피포트에 물을 끓여 커피를 마시며 이제 슬슬 나가야 할 텐데 생각하며 밖을 내려다보았다. 정면으로 보이는 아파트까지 가려면 어떤 길을 따라가야 하는 것인지 머릿속으로 대략 그려보았다. 그런 식으로 들어가보고 싶은 곳들이 몇 군데 있었다. 용두산아파트 안으로 들어가보고 싶었고 아파트 계단을 올라 내 집인 것처럼 문을 열고 들어가 한참을 바닥에 누워 시간을 보내보고 싶었고 남포역 근처를 지날 때마다 보는 부산데파트 안으로도 들어가보고 싶었고 그곳에 들어가 복도에서 아래층을 내려다보고 싶었고 그러다 문을 열고 방안으로 들어가 창밖으로 보이는 것들이 무엇인지 자세히 보고 싶었다. 아마 롯데백화점이 보이겠지 롯데백화점 옥상에서는 바다가 보이는데 부산데파트 어딘가에서도 바다가 보일까 생각하다가 그런 식으로 들어가보고 싶은 곳들을 하나씩 떠올렸다.

부산데파트 지하는 식당이었고 나는 지하도에서 밖으로 나가지 않고 부산데파트 지하 식당가로 들어가 밥을 먹었다. 문을 밀고 들어가자 오래 머무른 공기의 냄새가 났고 된장찌개와 제육볶음을 파는 비슷해 보이는 식당 중 가장 안쪽 식당에 자리를 잡았다. 된장찌개를 시켰는데 비빔밥을 시킬걸 하는 생각을 하다가 이제 하루가 지났고 남은 휴일은 무얼 하지 머릿속으로 일정을 정리하려 했지만 때마침 테이블에 커다란 보리차 주전자가 탕 소리를 내며 놓였고 커다랗고 따뜻한 주전자를 보자 아무 생각도 하고 싶지 않아졌고 보리차를 마시자 반찬이 나오고 상추가 나오고 앞으로의 일을 생각할 틈도 없이 테이블 위에 빠짐없이 차려진 밥을 먹기 시작했다.

밥을 먹고 나와 부산데파트 일층의 가게들을 구경하였다. 수석을 파는 가게와 오래된 동전을 파는 가게에서 구경을 하는 듯 마는 듯 하며 소극적인 자세로 가게 앞에 서서 작고 신기한 물건들을 구경하였다. 엘리베이터를 타고 ○○상사 현판을 단 사무실이 가득한 층에서 내려 용건이 있는 표정으로 그 사이를 오가다 내려왔다. 아무도 내 앞을 막지 않았고 누구도 나를 수상하게 여기지 않았다. 나는 평범한 차림의 여성이고 아마도 아이 다음으로 가장 수상하지 않은 그룹에 속할 것이다.

그뒤로 들른 곳은 용두산아파트였다. 부동산에 연락해 매물로 나온 용두산아파트에 관해 물었을 때 부동산 주인이 그곳은 방금 나갔다고 말하였다. 그래도 나중에 비슷한 곳 나오면 보고 싶어서 그런데 한번 볼 수 없나요? 묻자 그는 같은 아파트의 다른 매물이 있다고 하였다. 부산역에서 차이나타운을 지나 중앙동을 걷다 광복동 남포동을 향하면 국제시장 근처에 용두산아파트가 있었다. 옛날 아파트들 중에는 몇 세대 되지 않는 한두 동의 건물이 도심에, 왜 여기 있는 거지? 라는 느낌을 지나가는 사람들에게 주는 곳이 있었다. 더구나 용두산아파트는 일층 대부분이 옷가게인데다 아파트라는 간판도 작아 그곳이 아파트라는 것을 알아차리기 더 힘들었다. 용두산아파트를 향해 가며 옛날 유나백화점 건물이었던 곳을 지나고 이 건물 육층 남자 화장실에서 82년 한 대학생이 유인물을 뿌렸다는 것을 떠올렸다. 거기서는 미문화원 전경이 보였을 것이다. 현재 그 건물에는 은행이라는 간판이 붙어 있지만 건물 창으로 임대와 출입 금지 현수막이 곳곳에 붙어 있는 것이 보였다. 도심 한복판에 '임대'라는 문구가 붙어 있는 건물을 보니 기분이 이상해졌다. 왜 옆 건물은 아니 이 주변 대부분의 건물은 사람들이 많이 오가는데 이곳은 지나갈 때마다 문이 닫혀 있고

'임대'라는 문구가 붙어 있을까.

용두산아파트 매점 앞에서 부동산 주인을 만났다. 그는 내가 볼 집에는 은행에 다니는 젊은 남자가 어머니와 함께 살고 있다고 하였다. 내가 처음 말한 집은 이미 나갔고 다른 층의 월세로 나온 집을 보여주는 것이라고 하였다. 아들은 회사에서 늦게 돌아오고 어머니는 칭다오로 여행을 가서 어렵게 허락을 받아 보여주는 것이라고 말하였다. 나는 왜 여기서 살려고 하는지 뭐하는 사람인지에 대해 몇 가지 대답을 준비해두었다. 서울에서 회사를 다니며 개인 작업을 하는데 내년에 회사를 그만두고 프리랜서로 일할 예정이라 부산으로 집을 옮기려고요. 서울은 집값이 너무 비싸잖아요. 회사를 그만둘 예정이라는 것과 부산으로 곧 집을 옮기려는 것만 빼면 거짓말은 없으므로 이건 진짜야라고 스스로 다짐을 했다. 회사를 그만둔다는 것도 부산으로 집을 옮기려는 것도 거짓말은 아니고 언젠가는 아니 생각보다 일찍 벌어질 일이 아닐까, 말하다보니 내 말에 익숙해진 건지 점점 그런 생각이 들었고 말은 역시 힘이 세다. 작업실을 부산에 둘 수도 있지 않을까. 아니면 내가 곧 줄줄 대답할 것처럼 부산으로 이사를 오는 것이 아예 일어날 수 없는 일도 아닌 것이다. 부동산 주인은 익숙하게 번호 키를 누르고 나는 깨끗하게 정리된 집으로 들어갔다. 아마 은행에 다니는 젊은 남자의 방일 것 같은 왼쪽 방에는 잘 세탁되고 다림질된 와이셔츠와 정장 바지가 이단 옷걸이에 나란히 걸려 있었다. 방에는 옷걸이와 침대, 컴퓨터와 책상뿐이었고 불필요한 것이 없어 보였다. 깨끗하고 해가 잘 들어오지 않는 방이었다. 거실과 아마도 어머니가 쓸 것 같은 안방을 보고 화장실 불을 켜보고 물을 틀어보고 변기 물을 내려보고 보일러를 틀어보고. 주인은 왜 젊은 사람이 이렇게 큰 곳에서 살려고 하냐고 더 작은 곳은 필요 없냐고 묻고 나는 침착하게 더 작은 곳도 좋다고 좋은 곳 나오면 연락 달라고 말하고, 그런데 작업실로도 쓸지 몰라서 큰 곳을 보고 있다고 자연스럽게 대답하고 그런데 뭐하는 사람이냐는 질문에는 개인 작업을 한다고 말했다. 나는 그림을 그리지는 않지만 그림을 그리는 사람으로 생각해도 좋을 느낌으로 얼버무렸다. 그 외에도 몇 개의 질문이 따라왔지만 못 들은 것처럼 시끄러워서 안 들리는 것처럼 아, 네 네라고 대답하며 집안 구석구석을 살폈다. 안방에도 텔레비전이 있고 거실에도 텔레비전이 있었다. 거실 중앙에는 샹들리에를 닮은 다소 화려한 조명이 달려 있었고 불을 켜자 따뜻한 주황색 빛이 공간을 감쌌다. 커다란 텔레비전 옆에는 금붕어가 노는 어항이라고 해야 할지 수족관이 있었고 맞은편에는 가죽소파가 있었다. 나는 잠시 소파에 앉아 창 너머 원불교 교당을 보았다. 그 순간 실내가 무척 조용하다고 느꼈다. 오래된 아파트들은 벽을 두껍게 짓는가보다. 거실에 금붕어가 노는 수족관이 있는 사십 평대의 집을 구석구석 열심히 보았다. 부엌에는 매실장아찌가 담긴 유리병이 네 개나 있었다. 아파트 내부를 구경하고 양말 신은 발

바닥으로 바닥 난방을 신경쓰는 척하며 그러나 신경을 쓰다보면 정말로 집중하게 되고 그러다 창가로 가 멀리 내다보아야 보이는 지금은 근대역사관이 된 부산 미문화원 건물을 보았다.

어디에서는 무엇이 보이고 또 그곳에서는 다른 것이 보이고 무언가를 보기 위해 높은 곳에 오르고 숨기 위해 창문을 닫고 몸을 숙인다. 그런데 어떤 장면은 아무것도 남지 않는다. 그런 것은 찍을 수도 찍힐 수도 없었다. 보는 사람은 있었을까 그것조차 알 수 없다. 하지만 어디서 누가 무엇을 보고 있었을지 아무도 보지 못한 것이 나중에 무엇을 남기는지 우리는 결코 확신할 수 없을 것이다.

백화점 건물 육층에서 미국에 80년 5월 광주에 관한 책임을 묻는 유인물을 뿌리던 남자는 자신의 동료들이 건물 일층으로 들어가고 이후 계획대로 불길이 치솟고 연기가 건물을 에워싸는 것을 보았을 것이다. 바람이 많이 부는 날이었고 무엇을 얼마나 뿌렸을 때 어느 정도의 결과가 발생하는지 그들은 정확히 예측할 수 없었고 그것을 대체 어디서 어떻게 배우겠는가. 그들은 방화 예행연습을 하고 석유에서 인화성이 높은 휘발유로 변경을 하고 미문화원 방화 시설과 비상구를 확인하고 불이 크게 번지지 않을 것이라 예상하고 파악하고 결정하고. 그러므로 그것만으로 이후 누군가 죽고 다치는 것을 그들은 예상하지 못했다. 아직 그 사실을 알지 못하고 상상도 못하는 육층 남자 화장실의 남자는 그곳에서 보이는 것을 떨리는 마음으로 지켜보았을 것이다. 그들은 사건이 정리되면 각자 학교로 각자의 자리로 돌아가기로 마음을 먹었고 큰 문제가 없을 것이라 생각하며 그는 미문화원을 지켜보고 있다. 실제로 인화 물질을 들고 건물 일층으로 들어갔던 이들은 스무 살 안팎의 젊은 여성 네 명이었고 불을 붙인 사람도 그들이었다. 불이 붙던 순간은 그 네 명만이 어쩌면 네 명 중 한두 명만이 보았을 것이다. 백화점 육층에서 남자는 그 모습을 지켜보며 유인물을 뿌렸고 그는 후에 주동자로 지목되어 사형을 선고받는다. 국도극장에서는 당시 의대생이던 또다른 남자가 같은 내용의 유인물을 뿌렸다. 그는 이후 부산에서 빈민들을 치료하는 의사가 된다.

만약 우리의 모든 순간이 우리의 모든 현장이 사진으로 기록된다면 우리는 더 잘할 수 있을까. 찍히는 것에 익숙해져 어쩌면 어느 순간부터는 찍힌다는 것을 잊게 될지도 모른다. 연기로 에워싸인 건물의 사진은 있지만 기름통을 들고 미문화원으로 가는 젊은 여자들의 사진은 없을 것이다. 그들이 불을 붙이는 사진도 이 세상에는 존재하지 않을 것이다.

기름통을 든 젊은 여자를 보았다는 증언이나 해당 학생을 보았다는 목격담은 인근 주민 사이에서 여러 건 접수되었다. 미문화원의 경비도 비슷한 증언을 하였다고 한다. 당시 그곳에는 도서관이 따로 있었고 책이 무척 많았고 학생들이 여럿 있었다고 했다. 한

때 그곳은 영사관의 역할을 대신하였고 비자 업무도 맡아서 하였다고 한다. 문을 열고 들어가면 문밖과는 다른 곳이었을 그곳은 1929년 동양척식주식회사 부산 지점으로 지어졌고 그때 그 건물은 일본어만을 이해하고 구석에서 누군가는 조선말을 했지만 그것은 말로 처리되지 않았다. 1949년부터는 미국 해외공보처 미문화원으로 불리며 건물은 어느새 영어를 이해하게 되고 서서히 한국말을 이해하고 처리하게 되고 전쟁중에는 미대사관으로 역할을 하다 1996년 철수되기 전까지는 문화원으로 역할을 하였다. 문화원을 오가는 영어를 하는 사람들과 영어를 하려는 사람들과 책들과 책 사이의 사람들. 그때 이 주변은 어땠을까 지금처럼 사람들이 많이 오갔을까 생각하며 다시 집안으로 고개를 돌렸다. 소파는 푹신했고 잠시지만 이미 이곳에 익숙해져 이곳은 나의 거실이며 나의 어머니는 칭다오로 친구들과 여행을 갔고 나는 어머니가 여행에 가기 전 미리 용돈을 환전하여 드렸고 어머니에게 뭐 사오지 말고 맛있는 것만 많이 잡수고 오시라고 말했고 나는 은행에 다니지만 오늘은 오랜만에 휴가를 냈고 어머니는 나에게 기회만 되면 얼른 결혼을 하라고 말하고 나의 중학교 친구는 근처 원룸에서 푸들을 키우고 푸들은 나를 따르지 않지만 우리는 가끔 저녁에 함께 산책을 하며 커피를 마시고 나는 인생에 큰 불만이 없는데……

—어머니 칭다오에서 언제 오신다고 했지?

—일요일에.

—칭다오가 청두야?

—청두 아냐? 청도야?

—모르겠네. 암튼 맥주 유명한 데 맥주 맛있는 곳이잖아.

친구의 푸들은 걷다 힘들면 친구를 바라보았고 친구는 칭다오 이야기를 하다 개를 안았다.

용두산아파트에서 나와, 주인은 아파트 몇 개를 더 보여준다고 하였다. 나는 감사합니다라고 말하며 어떡하지 생각하였지만 그는 곧 울리는 전화를 받더니 미안하다며 급하게 계약을 하러 온 사람이 있다고 말했다. 나는 괜찮다고 조금만 더 고민해보고 연락드리겠다고 말했다.

—맘에 안 들어요?

—아니, 정말 좋은데 막상 보니 기대만큼 해가 많이 안 들어서요.

—그 정도면 해가 많이 드는 건데? 거기 좋은 물건인데. 그런 데는 더 비싸지.

—그렇겠죠? 아무래도.

—그렇지, 해가 더 잘 들어오면은 아무래도 더 비싸지. 근데 방금 본 거 금방 나갈 거야. 이렇게 좋은 건 금방 나가요. 암튼 연락

하세요.

나는 고개를 숙이고 그는 차를 가지러 갔다. 나는 부동산 명함을 지갑에 넣고 어쩐지 지쳐 근처 카페로 가 커피를 마셨다. 모르는 길과 골목이 문을 열면 열리는 집들이 계단과 옥상이 내 어깨를 붙들고 내 등뒤에 서서 이걸 봐, 라고 너는 너 자신이 알던 사람이 아니라고 너는 아직 너의 집이 어디인지 몰라 이곳으로 가라고 손에 열쇠를 쥐여주고 돌아서서 자신이 갈 길을 아마도 그 갈 길은 누군가에게 새로운 문을 열게 하는 길임이 분명한 그 길을 가는 것 같았다. 이게 너희 집 열쇠야. 열쇠를 손에 들고 가던 발의 방향을 틀고 그리고 계속 걸어가. 문을 열면 처음 보지만 익숙해질 옷들과 가구들이 너를 기다리고 있어. 의자에 앉으면 처음 보지만 곧 사랑하게 될 사람이 문을 열고 들어와 당신의 이마에 입을 맞추게 될 거야. 당신은 그 인생을 살도록 해. 나는 내 것 같지도 남의 것 같지도 않은 열쇠를 보았다. 헤매고 걷고 걸어도 오늘밤에는 어제 묵은 호텔에서 잘 것이라는 것을 알았으나 내 등뒤에 서 있던 거리들은 내 뒤에 서서 내 어깨 위에 손을 얹었다. 호텔 방문을 열 때 그 손은 내 어깨를 붙잡고 나를 돌려세울 것이다. 왠지 커피가 몸에 받지 않아 유자차를 다시 주문하고 달고 따뜻한 것을 마시며 오늘 갈 곳 내일 갈 곳을 생각하고 지도에서 거리를 확인하다 말았다. 시장에서 옷을 구경하고 울로 된 바지를 하나 사고 중앙역을 향해 걸었다.

부원아파트는 입구가 여러 곳이었다. 가로가 긴 형태로, 1-1, 1-2 이런 식으로 구역이 나뉘어 있었고 해당 구역마다 입구가 있었다. 큰길에서 아파트를 향해 들어가면 주차장 사이로 입구가 보였고 입구 뒤의 계단을 따라 올라갈 수 있었다. 주차장 앞에는 경비 아저씨가 보였고 멀리 떨어진 입구로 가려다 나를 본 경비원 아저씨가 웃으며 고개를 숙였다. 나는 따라 숙이며 당신 뭐하는 사람이야라고 물으면 저기 목욕탕에 어떻게 들어가나요라고 물어볼 준비를 해야지 했던 것이 기억났다. 그는 내게 그런 것을 묻지 않았고 주민이나 손님이겠거니 하는 얼굴로 반갑게 인사하며 고개를 숙였다. 그러나 언제라도 다른 누가 같은 질문을 하면 나는 또 목욕탕이 어디 있나요라고 대답해야지 다짐했지만 이제 안심해 너는 지금 세상에서 제일 수상하지 않은 사람처럼 보일 것이야 스스로에게 여러 번 말해주었다. 안심해도 좋습니다 당신은 누구를 괴롭힐 문제를 일으킬 힘도 영향력도 전혀 없습니다.

옆으로 긴 아파트는 무섭지 않다. 나는 무서워서 계단을 잘 오르지 못했던 어릴 때를 떠올렸다. 늘 겁을 내며 한 층 한 층 오르며 뛰듯이 집까지 향했다. 옆으로 긴 아파트는 누군가 나타나도 옆으로 옆으로 도망을 가며 소리를 칠 수 있을 것이다. 계단식 아파트는 괴물이 나타나도 문을 열지 못하면 잡아먹힐지 몰라. 그런데 이곳은 계단을 오르고 옆으로 도망가고 다시 옆 통로로 오르거나 내려갈 수 있다. 괴물이 나타나도 옆으로 위로 아래로 다시 옆으로 도망갈 수 있을 것이다. 중구어르신협회 사무실을 지났고 세계가정평화단 현판을 지났다. 중구어르신협회 사무실에서는 정말로 모자를 쓴 어르신 둘이 문을 닫고 나왔다. 부산데파트처럼 상사 사무실도 몇 있었다. 아래를 내려다보면 경비원 아저씨가 웃으며 다른 주민과 이야기하고 있었다. 엘리베이터는 보이지 않고 엘리베이터가 있다면 나는 더 자연스럽게 이곳은 몇 층이고 꼭대기는 몇 층이겠구나 알 수 있겠지만 없으면 없는 대로 오르면 될 것이다. 걷다 뒤로 돌면 무서워서 옆으로 옆으로 뛰는 어린 사람 아직 덜 사람 같은 어린 사람이 지나가는 것 같았고 어릴 때 나는 계단을 무서워하고 또 무서워하며 계단을 올랐다는 그런 생각을 다시 하며 옆으로 뛰는 어린 사람을 응원하고 어딘가로 잘 도착할 수 있을 거야 분명 제대로 도착할 거야 확실하게 말하고 나는 이제는 무섭지 않지만 약간은 긴장된 마음으로 다시 계단을 올랐다. 계단을 오를 때 옆을 보면 옆 통로의 계단이 보였고 지금 누군가 올라간다면 내려간다면 서로의 오르내리는 모습이 바로 보일 것이다. 다음 층 입구 문에는 '유스호스텔'이라고 종이에 네임펜으로 적혀 있었다. 시시티브이로 쓰레기 버리는 사람을 확인합니다. 한 층을 더 올랐을 때 부원아파트 재개발 관련 회의 공지가 붙어 있었다. 회의 일자는 어제였다. 나는 잠시 주민으로 회의에 참석

하는 상상을 하다가 말았다. 도착이 하루 늦어져버렸다는 생각이 들었다. 만약 오늘이었다면 주인으로 참석할 수 있었을 것만 같았다. 이곳은 70년대에 지어진 아파트였고 얼마나 많은 사람들이 오간 것일까. 그때부터 이곳에서 계속 살고 있는 사람도 있을까. 의외로 많을지도 모르겠다는 생각이 들었다. 나는 오르고 옆으로 걷고 아래를 내려다보고 다시 올라갔다.

잠시 후 최명환도 내 등을 밀어주었는데 그는 나에게 무얼 하며 돌아다니느냐고 물었다. 나는 시장 구경을 하고 가끔 성당에 가기도 하고 산책을 한다고 하였다. 당신은 무얼 하는 사람이고 왜 여기 있는가에 대해 오늘 마음속으로 준비를 많이 해서인지 나는 묻지도 않았는데 당장 이사할 것은 아니지만 집을 알아보고 있다고 먼저 나서서 말하였다. 그는 그럼 자신의 명함도 받으라고 하였다.

—직업이 뭐라고 했지?

—회사원인데요.

—회사만 다녀요?

—회사도 다니고 뭐 이것저것 해요.

—어떤 걸 합니까?

—글도 쓰고요. 뭐 공부도 하려고 하고요.

그는 보여줄 집이 많다고 하였다. 밖에서 옷을 입고 있을 테니 기다리라고 하였다. 짧은 커트의 키가 큰 그는 베이지색 니트 스커트에 회색 스타킹을 신고 있었다. 나는 벌거벗은 맨몸으로 그에게 다가가 쭈글쭈글해진 손으로 그의 명함을 받고 감사하다고 다시 고개를 숙였다. 손에 건 열쇠로 로커의 문을 열고 그가 보는 앞에서 명함을 지갑 안에 넣고 다시 문을 닫고 인사를 했다. 온탕에 몸을 담근 채 오늘은 명함을 두 개 받은 날이구나 생각했다. 그러고 보니 다른 이들은 모두 나갔거나 사우나 안에 있어서 지금 목욕탕 안에는 나 혼자였고 혼자서 온탕에 몸을 담근 채 천장에서 물이 한 방울씩 떨어지는 것을 그때 그 소리가 울리는 것을 들었다. 아무 일도 일어나지 않고 물방울만이 떨어지고 다음 물방울을 기다리는 것에 이상할 정도로 서스펜스를 느꼈다. 다음 장면은 무엇일까 생각하면서.

다 씻고 나와 햄버거와 치킨을 사서 호텔로 돌아갔다. 햄버거가 든 봉투를 품에 안고 걸었다. 식지 마 식지 마. 따뜻했고 좋은 냄새가 났다. 호텔 문을 열었을 때 나는 어딘가에서는 생각지도 못한 일이 벌어질 것이라고 그곳에 있고 싶다고 바랐다. 옷을 벗고 가운으로 갈아입고 이전에 본 영화를 다시 보며 햄버거와 치킨을 먹었다. 고개를 돌려 거울을 보았을 때 목욕을 해서인지 얼굴에 윤기가 흘렀고 치킨을 들고 만족스러운 얼굴을 하고 있었다. 샤워를 하고 한참을 욕조에 몸을 담갔다 일어났을 때 살짝 어지러웠고 하루에 두 번이나 따뜻한 물에 몸을 담그는 건 의외로 힘이 빠지는 일이네. 머리를 말리고 잠이 들었다. 최명환의 명함은 용두산아파트를 보여준 부동산 주인의 명함과 함께 지갑 안에 있었다. 나는 지갑을 테이블 위 잘 보이는 곳에 올려두었다. 누군가는 그의 이름이 여자 이름이 아니라고 생각할 것이고 명함을 보고 그렇게 말할 것이다. 한편 많은 사람의 이름은 생각해보면 누군가 위에서 높은 곳에서 미리 정해준 것처럼 꼭 맞고 어울렸다. 우리가 이름과 사람을 함께 만나기 때문일까 나는 최명환과 그의 이름이 무척 잘 어울린다고 이유는 설명하기 힘들지만 그렇다고 생각했다. 꿈에서는 개 두 마리가 나를 열렬히 사랑했다. 그들은 날 위해 집을 지키고 밥을 짓고 돈을 벌어왔다. 한 마리는 닥스훈트 느낌의 개였고 그는 묵묵히 나를 위해 할일들을 했다. 돈을 벌어오고 집안의 공사나 설비 같은 큰일들을 맡아 했다. 일을 하고 돌아와서는 말없이 밥을 해주었다. 흰 스피츠는 닥스훈트를 도와 내가 할 일들을 대신 해주면서도 나의 기분을 살피며 위로를 해주었다. 이불을 펴주고 이마에 손을 짚어주었다. 그 둘의 사이는 무척 좋았다. 나는 그들의 사랑을 무작정 받으면서도 그들의 사랑과 고백을 거절하고 내게는 이것으로 부족하다고 생각했다. 더 크고 확실한 사람의 사랑이 필요하다고 생각했다. 그럼에도 개들은 나를 이해해주고 끝없고 한없는 사랑을 베풀어주었다. 내가 그것을 부족하다고 생각하고 원하는 것과 어딘가 어긋난다고 하더라도 나는 그런 끝없는 사랑을 받고 싶었다.

일어나니 오전 열한시 반이 넘어 있었다. 최명환이 나를 어디에 팔아넘기지는 않겠지 나에게 사기를 치지는 않겠지 나는 늘 무슨 일이 벌어지는 쪽을 선택하는 듯하지만 겁이 나 집으로 얌전히 돌아오는 자기 자신을 믿으며 그에게 연락을 하였다. 그 사람의 자연스러운 적극성과 단호함이 궁금했던 것이다.

어제 부동산에 들러보았기 때문인지 가본 적 없는 곳의 문을 열어보고 싶다는 생각은 계속되고 더욱 강해졌다. 다시 또 근처의 부동산에 들러 중앙역 근처의 아파트를 보고 싶다고 말했다. 부동산 주인은 아파트 말고 원룸이 괜찮다며 역 근처 신축 원룸 두 곳을 보여주었다. 가격이 상대적으로 저렴하다는 것 말고는 서울과 다를 것 없었고 아마 도시의 원룸은 대개 비슷할 것이다. 그래도 아파트를 한두 곳 더 보고 싶다고 하자 꽤 오래 걸어 올라가야 하는 높은 지대의 아파트를 한 곳 보여주었다. 그곳은 현재 살고 있는 사람이 없었고 비어 있는 아파트였다. 지대가 높다는 것 말고는 가격과 면적 모두 마음에 드는 곳이었다. 호텔에서 자고 일어나 나의 집이 아닌 곳을 계속 보다보니 정말로 어제의 사람이 건넨 열쇠를 사실 손에 쥐고 있는 것이 아닐까, 가던 발의 방향을 틀고 다음 집의 문을 열고 나에게 익숙한 웃음을 건넬 사람을 기다리고 있는 것 같다는 생각이 들었다. 텅 빈 그곳 어디에 침대를 두고 옷장을 둘지 아예 돈을 들여 벽지와 바닥을 새로 하는 것을 그려보고 그 옆에 침대는 이곳에 두고 붙박이로 책장과 옷장을 짜는 것을 정말 이사를 할 것처럼 한참 생각했다. 조금 더 생각해보고 연락드리겠다고 인사를 하고 집들이 계단처럼 작은 높이 차를 두고 빽빽하게 들어서 있는 모습을 내려다보았다. 무척 리스본 같았다 리스본이 무척 부산 같은 것인가.

새로운 것이 시작될 거야

최명환을 다시 만난 곳은 부동산이었다. 그는 중앙역 근처 부동산에서 부동산 주인과 커피를 마시고 있었다. 그는 근처 제과점에서 사왔다며 주인과 빵을 나눠 먹고 있었다. 최명환보다는 어려 보이는 오십대 초반의 주인은 내가 들어서자 커피 마실래요? 묻고는 커피메이커의 커피를 잔에 따랐다. 최명환은 나를 목욕탕에서 본 친구라고 소개하였다. 그렇다 우리는 목욕탕에서 만난 사이이고 그것은 아무 사이가 아니라는 뜻인데 이상하게 돈독한 사이처럼 들렸다. 무화과와 올리브가 든 빵을 나눠 먹고 최명환은 세를 놓고 있는 곳의 상황을 주인과 점검하고 언제 그렇게 다 컸냐고 웃으며 부동산 주인의 딸 이야기를 하고 다 컸다는 딸이 손녀를 낳았다는 이야기를 하고 최명환은 놀라고 주인은 이제 세 살이라고 말하고 그가 혹시 봐둔 방이 있느냐고 묻고 나는 어제 용두산아파트를 보았다고 말했다. 용두산아파트가 무척 마음에 들었다고 운을 떼고는 그런데 저는 그렇게 크지 않아도 되고요 중앙역 근처의 오래된 곳도 되고 그런데 너무 언덕으로 올라가는 건 힘들 것 같고요…… 그런데 내가 하는 말이 거짓말 같을까? 나는 지금 몹시 어색하게 말하는 사람인가? 나는 긴장을 해서 점점 입이 마르는 느낌으로 전세나 매매를 생각하고 있다고 마지막으로 덧붙여 말했다.

—나는 글을 쓰는 사람을 좋아해. 이전에 우리집에서 영화제에서 일하던 사람이 칠 년 넘게 거의 십 년을 살았어. 서울로 이사를 가도 한동안 방을 안 뺐다고. 지금도 부산 오면 연락해서 만나잖아.

최명환은 커피 잘 마셨다고 말하며 웃으며 부동산을 나왔다. 제 친구들도 영화제에서 일했어요. 나는 굳이 말하자면 연말에 휴가 겸 부산에 놀러온 것이라고 해야 맞을 것인데 길에서 붕어빵을 사 먹다 붕어빵 아주머니로부터 화장실에 다녀올 테니 잠깐 기계를 봐달라는 이야기를 듣고 아 그러죠 뭐, 하고 기계를 봐주다가 일주일째 붕어빵을 팔고 있었다. 나는 언제 붕어빵 굽는 것을 배운 것일까. 나는 이 일에 언제 이렇게 익숙해진 것인지 때맞춰 팥을 넣고 붕어빵을 뒤집고 정확한 때에 기계에서 붕어빵을 꺼내 하나씩 철망에 올려둔다. 그리고 그것을 손님들이 오는 속도에 맞춰 경제적으로 정확하게 반복한다. 나는 친절하게 웃으며 붕어빵을 팔고 내가 능숙하게 만들어 판 붕어빵은 맛있었고 손님들은 계속 붕어빵을 찾고 나는 재료도 낭비하지 않고 그때그때 돈을 잘 벌고 맞은편에서 원래 붕어빵 주인이 뿌듯하게 엄지손가락을 올리고 있었다. 내가 자랑스러운가봐.

나는 최명환을 언젠가부터 선생님이라고 부르고 있었고 최명환은 선생님은 무슨이라고 하면서도 정정하지는 않았다. 어쨌거나 내가 직원도 아닌데 사장님이라고 부르기도 뭐했고 비슷하게 대표님도 어색했고 선생님이라는 호칭은 그에 비해 여러모로 적절해 보였고 이후 나는 그를 대부분의 경우 선생님이라 불렀으므로 편의상 최선생 혹은 선생님 가끔은 최명환이라고 부르겠다. 최선생은 내게 아직 내부 수리를 한 번도 하지 않은, 그러니까 시공 당시의 모습에 가까운 부산데파트 하나와 여러 번의 내부 수리를 거치고 최근 다시 한번 수리를 마친 부산데파트 하나와 비슷하게 두세 번의 수리를 거친 부원아파트 내부를 보여주었다.

부원아파트는 큰길에서 들어가는 것과 아파트 옆으로 길게 이어지는 계단을 통해 뒤편으로 올라가는 것이 느낌이 크게 달랐다. 큰길가에서 주차장을 통해서 들어갈 경우 일층부터 층이 시작했고 가정집보다 협회 사무실 단체 사무실이 먼저 보였다. 계단을 올라 언덕 위에서 들어갈 경우 가정집이 보였고 현관문이나 분위기가 훨씬 아파트에 가까웠다. 호수는 칠층부터 시작했다. 언덕 쪽 입구에서 들어가면 한 층을 올라도 팔층이었고 두 층을 오르면 구층이었다. 중간에 다르게 들어가는 곳이 있을까 중간에 다른 건물로 연결되어 주소상으로 아예 별개의 건물이 나온다고 해도 어쩐지 놀라지 않을 것 같았다. 어릴 때 보던 외국 만화영화나 동화에서는 집안에 쥐의 집이 있고 다락이 있고 벽 안에 다른 곳으로 통하는 좁은 통로가 있었다. 실제로 그걸 쓴 사람들은 그것이 전혀 이상하지 않은, 집이 집으로 연결되고 복도 한복판에서 길을 잃기도 하는 곳에서 살고 있지 않았을까.

내부 수리를 마친 부원아파트 안은 깨끗하고 친구들이 사는 원룸처럼 흰색 인테리어로 정리되어 있었다. 아무도 살지 않아 가구나 짐은 없었지만 테이블과 전기 포트 하나만 남아 있었다. 그는 찬장에서 컵과 인스턴트커피를 꺼내 물을 끓여 내게 주었다. 그는 전세를 줄 수도 있지만 현재 이곳은 여러모로 전세 세입자를 구하는 것이 적절하지 않다며 내가 월세로 생각한—그러고 보니 나는 어떤 금액을 생각을 하고는 있었던 것이다—금액의 절반을 불렀다. 정말요? 소리가 자동으로 나왔지만 동시에 나는 지금 소액 사기를 당할 위기에 처한 것일까? 그런 것이 아니더라도 가격이 싸다고 내게 이것이 꼭 필요한 것인가? 그건 아닌데 생각하며 너무 좋은 조건이지만 며칠 더 묵으니 조금만 더 생각하고 싶다고 말했다. 이틀 사이 세 군데의 부동산에 들러 비슷한 말로 시작해 같은 말로 대화를 마무리하였다. 그래요 그럼. 그는 밥이나 먹자고 하였다. 아파트를 나서기 전 뒤를 돌아보았을 때 집안의 공기가 따뜻하게 느껴졌고 공기는 따뜻한 노란색, 누군가 벽 뒤에서 그것 봐라고 말하는 것 같다는 그런 착각을 했다. 그것 봐. 그는 내게 칼국수를 샀고 나는 그에게 커피를 샀다. 그날은 많이 걸어 피곤했고 바로 호텔로 돌아가 씻고 책을 보다 일찍 잠이 들었다. 그리고 이틀 뒤 서울로 돌아가는 기차를 타기 전 최선생이 소개한 그 집을 계약했다.

—

매일 잠을 자던 윤미 언니가 광주에 가야겠다고 말한 것은 집에 온 지 두 달이 조금 지났을 때였다. 가끔 담임 선생님은 모든 것을 꿰뚫고 있다는 표정으로 수미를 바라보았고 수미는 그때부터 그 사람이 전혀 무섭지 않고 우스워지기 시작했다. 나는 너를 겁줄 수 있고 나는 너를 해칠 수 있다는 것을 학생에게 대놓고 드러내는 사람이 정말로 우스웠다. 하지만 우스워하면서도 수미는 알고 있었다. 우스운 인간이지만 정말로 자신을 해칠 수 있다는 것을 말이다. 이정숙 선생님은 어느 날 수미를 불러 잘 지내고 있느냐고 물으며 들국화의 테이프를 선물해주었다. 수미는 여전히 주말이면 정승과 도서관에서 공부를 하다 책을 보다 지하 매점에서

라면을 사 먹었다.

—광주에 가본 적이 있는 거야?

—아니 처음.

—어떻게 가?

—버스 탈 건데.

—가면 뭐하는데? 누가 있어?

—누가 있다.

—누구?

—누가 있다고.

언니는 한 번도 만나지 못한 친구를 보러 광주에 가겠다고 하였다. 할머니와 엄마는 듣자마자 반대했다. 윤미 언니는 할머니도 알고 있는 고등학교 친구와 함께 가겠다고 하였다. 할머니는 결혼한 친구를 막 불러내면 안 된다고 했다. 언니는 다른 친구들도 같이 간다고 했고 할머니는 아무튼 제발 지금은 안 된다고 했다. 수미가 학교에 간 사이 이야기가 어떻게 진행된 건지 결국 언니와 광주에 함께 가게 될 사람은 수미로 결정되었다. 동네에는 광주에서 부산으로 시집와 살고 있는 아줌마가 있었는데 엄마는 그 아줌마의 언니네 집에 수미와 윤미 언니를 묵게 하였다. 수미는 아줌마의 고향이 광주인 것을 그때 처음 알게 되었다. 아줌마는 부산

말을 쓰고 아무튼 다른 아줌마들과 다를 것이 없었기 때문이었다. 수미는 멀리 가게 되었지만 생각처럼 즐겁거나 들뜨지는 않았다. 엄마가 자신을 너무 믿는다는 생각도 들었다. 왜 뭔가 하기 어정쩡한 일은 꼭 내가 하게 되는 것 같지? 솔직히 조금 무서웠고 대부분은 걱정이었고 약간 기대도 되었지만 언니와 둘이 계속 같이 있을 생각을 하니 어색하고 불편했다. 언니는 매일 잠을 잤고 가끔 새벽에 깨어 화장실을 왔다갔다했고 가끔 눈을 떠보면 수미의 옆에서 무방비한 표정으로 잠을 자고 있었다. 그러니까 수미는 아직 언니와 전혀 친하지가 않았다.

학교에서 돌아와 책상에 앉으면 집에는 다른 가족은 아무도 없고 언니는 자고 있고 수미는 오후의 이 시간을 바람이 부는 것과 비가 내린다면 비가 어떤 소리를 내며 떨어지는지를 가끔 이 시간을 완전히 기억할 것이라고 마음먹었다. 그것을 쓰고 쓰다가 누워서 생각하다가 누군가 올 때가 되면 그제야 숙제를 하기 시작했다. 고등학생이 되면 뭘 하지? 대학에 가면 어른이 되면 뭘 하지? 수미는 조용히 지내고 싶었고 그런데 멀리 가고 싶었다. 혼자 있고 싶었고 모르는 사람들에게 둘러싸이고 싶었다. 언니가 싫거나 귀찮은 것은 아니었지만 언니가 앞으로 다른 사람들처럼 무얼 할 수 있을 것이라는 생각이 들지는 않았다. 언젠가 내가 멀리 가게 되었을 때 그러다 시간이 흘러 집에 와도 언니는 잠을 자고 있을 것 같다고 수미는 생각했다.

토요일이 되었고 올림픽 이름을 딴 고속도로를 가로질러 수미는 언니와 같이 광주로 향했다. 언니는 그간 밖을 걸어다닐 수 있을까 걱정이 될 정도로 집에서 내내 잠만 잤는데 버스 안에서는 긴장이 되었는지 손톱을 뜯으며 앞만 보다가 어느새 잠이 들어 있었다. 머리를 창에 쿵쿵 부딪혀서 머리를 가운데로 옮기면 어느새 다시 쿵 하고 창에 부딪혔다. 머리가 아프지 않아? 가방에는 아줌마의 언니의 남편에게 줄 외제 담배와 가족들에게 줄 어묵이 얼린 물병들과 함께 들어 있었다. 언니는 자신과 이름이 같은 친구를 만나러 간다고 하였다. 어떻게 알게 된 사람인데? 편지로 알게 됐다. 언니는 휴게실에서 토하고 수미는 화장실에 갔다 와서 엄마가 챙겨준 돈으로 호두과자를 사 먹었다. 언니는 사람이 많은 곳을 무서워했고 그러면 우리는 헤엄을 쳐서 물고기 배로 들어갈 거라고 그런 생각을 하면 된다거나 이제 절반을 왔다거나 그런 이야기를 할 수는 없었다. 버스를 타지 않으면 안 돼. 이제 가야 해. 어렵게 버스로 돌아왔을 때 아가씨들 때문에 출발을 못했다고 온갖 험한 말을 들었다. 수미는 죄송합니다 고개를 숙이다 자리에 앉았다. 사람들이 쳐다보는 것이 싫어서 손수건으로 얼굴을 가리고 잠이 든 척을 했다. 언니는 앞을 보며 눈을 깜박이고 있었다.

터미널에는 아줌마의 언니인 숙자 아줌마가 나와 있었다. 언니 데려오느라 아주 고생했다고 하였다. 숙자 아줌마는 친척도 무엇도 아니었는데 두 사람을 반겼다. 수미와 윤미 언니는 다시 시내 버스를 타고 숙자 아줌마네 집으로 향했다. 목공소 앞에서 내려 골목 안으로 들어가며 아줌마는 목공소를 기억하라고 하였다. 여기 인쇄소 간판도 있지 거기서 오른쪽으로 한번 더 꺾는 거야. 집에 도착했을 때 아줌마는 작은방을 열어주며 앞으로 여기서 자면 된다고 알려주었다. 수미는 엄마가 챙겨준 어묵과 여러 가지 것들을 전해드렸다. 뭘 이런 걸 가져왔냐는 이야기와 고생했다는 이야기와 예전에 부산에서 엄마를 본 적이 있다고 엄마는 잘 지내냐는 이야기들을 하다 아줌마는 참외를 깎아주었다. 아줌마는 일단 밥을 먹고 나가라고 하였고 언니는 작은방에서 가방을 안고 잠이 들어 있었다. 긴장이 풀려서인지 수미도 어느새 옆에서 잠이 들었고 아줌마가 밥을 먹으라고 문을 두드렸을 때에야 두 사람은 일어났다. 돼지고기를 넣은 찌개와 두부조림을 먹고 아줌마는 참외를 또 깎아주시고 수미는 설거지나 그런 뭔가를 하겠다고 일어났지만 얼른 방에 들어가라는 소리만 들었다. 내일은 다시 부산으로 가야 하는데 지금은 방학이 아니고 월요일에는 다시 학교에 가야 하는데 이곳은 그렇게 먼 곳이 아니지만 수미는 너무 멀리 온 것 같았다. 순간적으로 마치 다시 학교로 돌아갈 수 없는 것처럼 이곳에서 영영 살게 될 것처럼 어지러운 기분이 들었다.

—너는 도착하면 얼른 집에 전화부터 해야지.

—응, 잘 도착했다.

—이모는 뭐해?

—잔다.

—거기서도 자나?

—버스에서도 잤다.

—아주머니한테 인사 잘했어?

—잘했다. 이제 나가야 된다.

—그래 내일 또 전화해라.

언니는 방에서 약도가 그려진 편지를 보고 있었다. 교도소 주소가 적힌 편지를 들고 있는 것을 보니 언니가 어디에 있었던 것인지 알고 있었지만 이상한 기분이 들었다. 순간적으로 무슨 그런 걸 내놓고 보고 있는 거야? 하는 생각이 들어 무슨 말인가 하려다가 그런 마음도 곧 사라졌다. 언니는 아무렇지 않아 보였다. 보내는 사람도 받는 사람도 조윤미였다. 광주의 고등학생 조윤미는 뉴스를 보고 부산의 대학생인 조윤미에게 편지를 보냈다고 했다.

—지금도 고등학생이야?

—아니, 곧 회사에 다니기로 정해졌다는데. 지금은 잠깐 제과점에서 일한대.

두 사람은 이제 잠깐 나가봐야겠다고 말하며 일어났다. 수미는 약도 안 건물 이름을 말하며 어떻게 가느냐고 물었다. 숙자 아줌마는 여기서 멀지 않다고 이십 분 정도면 간다고 말하며 약도 옆에 목공소를 그리고 건물과 목공소가 어떻게 연결되는지 이어 그렸다. 목공소에서 고등학교가 보일 때까지 직진하다가…… 아줌마는 언니의 등을 쓰다듬었다. 아줌마의 작고 단단한 손이 쓰다듬는 언니의 마른 등은 서로가 아주 다른 몸처럼 물론 다른 몸이지만 서로 다른 성격을 가진 살과 뼈들이 포개어져 있는 것처럼 보이게 하였다. 윤미 언니는 희고 마른 몸이었다. 수미는 그것이 집에서는 의식하지 못하던 것이 그 순간 분명하게 보였다. 수미는 작은방으로 가 약도를 다시 확인하였다. 저녁 먹기 전에 돌아오라는 이야기가 부엌에서 들려왔다. 일어나자 벌써 더웠고 그래도 새로 산 운동화를 신고 모르는 길을 걸을 생각을 하는 것이 좋았다. 이곳은 부산 같지 않고 작고 어딘가 뒤처진 느낌이었지만 엄청나게 다르지는 않았다. 하지만 아주 다르지는 않다는 생각을 하고 주위를 보면 수미가 걷고 있는 길은 모르는 길이었고 처음 걷는 길을 모르는 채로 걷다보니 점점 더 모르겠다는 생각만 들었다. 길에서 마주치는 사람들은 아주 다르게 말을 했다. 그게 무척 놀라웠고 조금 웃겼다.

걷다보니 멀리서 흰 건물이 보였고 저기가 도청이라고 말했다. 윤미 언니는 흰 건물 가까이 가보고 싶다고 말했다. 도청 앞에는 분수대가 있었고 두 사람은 분수대 주변을 걸었다. 분수대 물은 공기 중으로 조각조각 부서졌고 사람들은 아주 멀리서도 분수대의 물을 볼 수 있을 것이다. 수미는 분수대를 향해 흰 건물을 향해 다가갈수록 어디선가 날아온 차가운 물방울이 팔에 닿는 것을 느낄 수 있었다. 언니와 수미는 말없이 분수대 주변과 도청 부근을 걸었다. 해는 높은 곳에 떠 있었고 어지러웠다. 수미는 가방에서 물을 꺼내 마셨다. 언니는 마시지 않겠다고 하였다. 언니는 도청을 향해 한 걸음씩 조심스럽게 발을 옮겨 건물을 정면에서 바라보았다. 수미는 들어가면 안 될 것 같아 등뒤로 한 번씩 떨어지는 분수의 가볍고 작은 물방울을 맞으며 서 있었다. 말없이 서 있던 윤미 언니는 한참 뒤 이제 가자고 하였다. 수미와 언니는 도청을 떠나 약도를 확인하며 걸었다. 광주의 조윤미가 사는 곳은 도청 뒤편 교회였다. 언니는 교회 안으로 들어가 여자 생활관이라는 곳으로 갔다. 언니는 문을 두드렸고 아무도 나오지 않자 문을 열고 들어갔다.

—누구세요?

—윤미씨 계신가요?

—누구요?

—조윤미씨요.

—잠시만요.

언니는 자신의 이름을 대고 그 사람을 찾았다. 조윤미가 조윤미를 찾는다고 할 때 이상한 기분이었을 것 같아. 옆방에서 단발머리의 키가 큰 사람이 나왔다. 열린 문 너머로 기숙사처럼 여러 사람의 자리가 나뉘어 있었고 한 자리에는 이불이 깔려 있었다.

—저 부산 사는 조윤미라고 해요.

단발머리의 조윤미는 놀라다가 언니의 손목을 잡았다. 그 사람은 언니의 손목을 잡고 서 있다 잠시 후 일단 나가자고 하였다. 방안에 다 들어가기에 방이 너무 좁아서요. 조윤미 둘과 수미는 밖으로 나갔다. 두 조윤미는 손목을 잡은 채로 잡힌 채로 앞서서 걸었고 수미는 그들을 따랐다. 십 분쯤 걷다보니 나온 제과점으로 갔다. 언니는 어디서 돈을 받아온 것인지 아무튼 윤미 언니에게는 돈이 있었다. 언니에게 돈이 있구나 수미는 새삼스럽게 그것이 놀라웠다. 수미에게 빵을 고르라고 하였고 수미가 고른 크림빵과 우유를 사주었다. 두 조윤미는 주스만 마시고 있었다. 빵을 다 먹은 수미를 보고 언니는 제과점 옆 서점에 가 있으라고 했고 그것이 지난 한 달간 본 언니의 모습 중 가장 어른 같다고 수미는 생각했다. 상황을 판단하고 수미에게 무언가를 시켰다. 스물여덟이 된 조윤미, 매일 잠을 자고 자다 가끔 소리지르다 다시 잠을 자는 정신이 없는 조윤미. 빵냄새는 좋았고 크림빵은 맛있었고 빵을 만드는 사람과 파는 사람 모두 앞치마와 모자를 챙겨 쓰고 있었다. 언니는 세시가 되면 다시 이리로 오라고 하였다. 자리에서 일어나 제과점을 나와 서점으로 향하다 문득 새벽에 터미널에 갔던 것이 거기서 짐을 챙기고 자리를 확인하고 버스에 올라탔던 것이 너무나 먼 일처럼 느껴졌고 이곳이 광주인가, 사람들은 어디서나 비슷했고 말투는 이상했고 하지만 나도 말이 이상하겠지 생각하며 수미는 입을 다물고 서점으로 향했다.

서점에서 책을 보며 나는 어리지 않고 나는 모든 것을 알고 그런데 어딘가에 들어갈 수 없다고 수미는 생각했다. 새로운 것이 시작될 거야. 사람들은 서서 시집을 읽고 있었다. 직원은 유니폼을 입고 있었고 누군가 나를 쳐다보고 있다면 나에게 말을 건다면 나의 정체를 묻는다면. 네가 누구의 가족이며 누구의 자식인지 무엇을 잘못했고 네가 무엇을 얼마나 잘못했고 한편 그럼에도 너에게 어떤 미래가 펼쳐질 것인지 수미는 아무 대답도 할 수 없고 모른다고 고개를 내젓게 될 것이다. 그럼에도 당신 생각과는 모든 것이 다를 것이라고 다문 입을 한 채 눈으로 상대를 쏘아보고 있을 것이다. 수미는 이름이 같은 두 사람이 어떤 이야기를 나누고 있을지 나중에라도 듣게 될 수 있을까 생각하였다. 서점 안 여기저기를 옮겨다니며 책장을 넘겼지만 책장의 글씨들은 무엇이든 읽어야 할 것 같았지만 수미는 그것을 이해할 수 없었고 하지만 가끔은 너무나 완전히 이해를 했고 그렇지만 대부분의 많은 책장은 그저 떠다니는 글자들 같기만 했다.

세시가 넘어 제과점에 갔을 때 광주의 조윤미는 가고 없었다. 언니는 주변 사람에게 물어 대학교로 향했고 가끔 힘이 드는지 쉬었다 다시 걸으며 두 사람은 대학에 도착했다. 두 사람은 넓은 대학캠퍼스 안을 걸었는데 초여름의 해가 천천히 지고 있었고 캠퍼스 안 게시판과 벽에는 대자보와 현수막이 빈 곳 없이 걸려 있었다. 수미는 이상한 행동을 할 시에 가장 먼저 보고하라는 담임의 말이 떠올랐고 그 말이 자신에게 말을 건네는 것 같았다. 이것이 이상한 행동이라는 것이다. 나는 질문을 받게 될까. 너는 지난 주말 조윤미와 어디에 가 무엇을 했는지. 수미는 점점 더 자신이 다시 집으로 돌아간다는 것이 믿을 수 없이 먼일처럼 여겨졌고 광주는 여전히 알 수 없고 이곳이 바로 그 광주인가…… 그런 생각에 몸을 서서히 맡기다가도 내일 집에 가는 것은 당연한 것이고 예정된 일이라는 것을 마음 깊은 곳에서는 믿고 있었다. 꼭 그렇게 될 것이다. 내일은 집에 가게 될 것이다. 하늘이 붉어지기 시작할 때 수미와 윤미 언니는 왔던 길을 되짚어 다시 아줌마네 집으로 갔다.

숙자 아줌마는 돼지고기가 들어간 찌개와 여러 종류의 김치와 기름이 오른 고등어조림을 해주었다. 수미는 점심을 굶은 것처럼 크림빵을 안 먹은 것처럼 마구 먹었다. 늘 밥을 뜨는 둥 마는 둥 하는 언니도 평소보다 많이 먹었다. 언니는 아줌마에게 고맙다고 인사를 하였다. 아줌마는 언니의 등을 또 쓰다듬었다. 다리에 힘이 없는 마른 조윤미의 몸은 매끄럽고 하지만 긴소매 옷에 감춰져 있고 숙자 아줌마의 손은 굵고 짧고 주름이 있다. 두 몸은 서로 너무 다르고 수미는 그것이 흰떡 위에 호두가 박힌 것 같다고 생각했다. 밥을 먹고 아줌마와 텔레비전을 보다 씻고 작은방으로 돌아왔다. 언니는 피곤했는지 낮게 코를 골며 자고 있었다. 어두움에 익숙해지자 조윤미라는 사람의 얼굴 윤곽이 보였다. 수미는 이불을 머리까지 덮고 광주의 사람들은 말투가 신기했고 분수대의 물이 반짝였고 크림빵을 먹었는데…… 그렇게 수미는 오늘 본 것들을 짚어보다 잠이 들었다.

다음날 새벽 언니는 수미를 흔들며 나 잠깐 나갔다 올 거야, 점심때 올 테니까 걱정하지 마 말하고 수미는 응응 말하곤 다시 잠이 들었다. 한참을 더 자다 아주머니가 수도를 트는 소리에 잠이 깼다. 아줌마가 틀어놓은 텔레비전을 보고 아침을 먹고 자두를 먹고 아줌마와 뻥튀기를 튀기러 갔다 왔다. 쌀과 가래떡을 튀겨서 양 옆구리에 따뜻한 뻥튀기를 끼고 돌아왔다. 옆집에는 큰 개가 있었고 개는 수미를 향해 크게 짖었다. 점심을 먹고 나서도 언니는 오지 않았고 수미는 왜인지 갑자기 눈물이 나와 대문 앞에 서서 울었다. 하루치의 막막함과 무서움이 몰려왔다. 언니가 어딘가에 잡혀갔을지도 모르겠다는 생각 아니면 길가나 벤치에서 자다 쓰러져 다쳤을지 모른다는 생각 어쩌면 친구 조윤미와 도망을 갔을 것이라는 생각 그런 생각들이 끊이지 않았다. 언니는 세시가 다 되어서야 돌아왔다. 나 윤미를 또 만났어.

—왜 그런 식으로 말없이 행동하는 건데?

—그렇게 화낼 일은 아니다.

버스 시간 때문에 수미는 더 화내지 못했다. 실제로도 그렇게 화낼 일은 아니라고 생각했다. 하지만 갑자기 엄청나게 화가 났었다. 수미와 윤미 언니는 서둘러 가방을 챙기고 숙자 아줌마에게 인사를 했다.

—또 와라. 편하게 와. 알았지?

아줌마는 윤미 언니의 등을 또 쓰다듬었고 어깨를 두드렸다. 두 사람은 올 때 탔던 시내버스를 맞은편에서 타고 터미널로 향했다. 돌아올 때는 계속 잠을 자서 그 이후로는 기억나는 것이 별로 없다. 아줌마가 맨밥에 김을 싸서 주었는데 그걸 자다 깨서 먹었고 맛있었던 것은 기억이 났다. 터미널로 아버지가 마중나왔고 수미는 피곤해서 집에 도착하자마자 씻고 잤던 것 같다. 주말에 무얼 했느냐고 물어보면 집에서 텔레비전 보고 숙제했다고 해라, 누가 시키지 않아도 그랬을 것이다. 아침은 어김없이 찾아왔고 학교 가는 길을 바라보며 왜인지 이전처럼 생생하게 모든 것을 기억하고 싶다는 생각이 들지는 않았다. 좋은 것은 그대로 좋았고 나뭇잎은 푸르렀고 바람에 흔들렸고 수미는 그것이 좋았고 좋은 것은 그대로 좋았는데 이전처럼 생생하게 마음이 흔들리지는 않았다. 그보다는 피곤하고 졸렸고 어제 걷던 길들 목공소를 따라 들어가던 숙자 아줌마네 집으로 가는 길과 서점으로 향하는 길과 분수대를 향한 길들 그 길들에서 빠져나오지 못한 채 그 길들과 눈앞의 길들이 서서히 섞이는 기분이 들었다.

이후 잊고 지내던 광주의 조윤미를 다시 생각하게 된 것은 몇 해가 지나 뉴스를 보면서였다. 언니와 같은 조윤미라는 이름 옆 괄호 안에는 32라고 쓰여 있었다. 뉴스에서는 광주 청문회라는 것이 계속 계속 방송되고 있었고 조윤미는 자신이 본 것을 말하고 있었다. 그는 광주에서 볼 때와는 다르게 엄격한 얼굴로 보였다. 아무런 의심 없이 조윤미라는 이름 때문에 같은 사람이라고 생각하였는데 생각해보니 나이도 달랐고 얼굴도 달랐다. 그러나 이름만은 같은 화면 속 조윤미는 사람이 어떻게 죽었고 자신의 눈앞에서 누가 죽었는지를 말했다. 그리고 그곳이 어디였는지 설명하였다. 조윤미 옆으로 약도가 그려진 보드가 놓였다. 사람이 죽은 곳은 ×자로 표시가 되어 있었다.

도넛

서울의 빌라에서 전세를 살면서 부산의 오래된 아파트 월세 계약을 했다. 옷가게 주인에게 떠밀려 옷을 산 정도와 비교가 안 되게 심한 선택이었다는 생각을 했지만 나는 한 달에 한 번 부산으로 가서 글을 써야겠다고 그러면 되는 것이라는 식으로 정리를 하려 했다. 굉장히 비경제적인 결정이라는 생각과 무언가를 해버리고 싶었다는, 그래서 해버렸으니 잘했다는 생각이 뒤엉켜 한동안 머리가 아팠는데 다시 부산에 가려고 짐을 챙길 때쯤에는 어느샌가 자연스럽게 어쩔 수 없지 쪽으로 마음이 정리되어 있었다.

노트북과 입을 옷 말고는 따로 가져온 것도 없었고 이불도 근처 진시장에서 사왔다. 아직 주소도 정확히 못 외우는 그 집의 문을 열면 다른 사람이 살고 있고 아니 그전에 열쇠가 맞지 않아서 문이 열리지도 않고 최명환은 전화를 여러 번 걸어도 받지 않고 나중에는 아예 결번이 되고 부동산의 문은 닫혀 있고…… 그런 것을 상상하며 마음의 준비를 여러 번 했지만 집은 당연히 그대로였고 테이블 위의 전기 포트도 그대로였다. 서랍을 여니 인스턴트커피도 그대로였고 찬장을 여니 컵 하나도 변함없이 그 자리에 있었다. 나는 짐도 풀지 않은 채로 전기 포트를 닦고 물을 끓였다.

늦은 시간에 와서 그때는 몰랐으나 며칠 묵어보니 옆집은 낮시간 내내 찬송가를 부르거나 기독교 관련 방송인지 녹음된 설교인지를 틀어두었다. 나는 벽에 등을 기대고 옆집에서 들려오는 예언 같은 말씀을 들었다. 만약 이곳이 감옥이고 나는 갇혀 있다면 책도 없고 나갈 수도 없고 들리는 것이 오직 저 방송이라면 그리하여 내게 저 음성이 빛이라면 그런 생각을 하자 옆집에서 들리는 소리가 중요한 예언처럼 들렸다. 심하게 거슬리거나 괴로운 소리로 느껴지지는 않았고 누군가의 예언이라고 어느 정도 인정하며 지낼 수 있게 되었다. 나는 여전히 구조가 파악이 되지 않는 아파트 한 호수를 차지한 채 앞으로의 나의 미래를 짐작하려고 했지만 갑자기 솟구치는 뭔가 좋은 것을 하고 싶다는 생각 어딘가로 들어가고 싶다는 막연한 마음 그러고 보니 어딘가로 들어오기는 하였다. 그리고 찬송가는 이어지고 지금 이 설교를 듣고 계신 여러분의 미래는 천국으로 향하는 길과 맞닿아 있습니다. 창에서 나를 향해 빛이 내려와 내 왼쪽 몸을 비추고 이 빛은 천국으로 향하는 길인가 벽 너머로 예언처럼 들려오는 설교를 들으며 아주 잠시 그대로 믿어버렸다. 벽에 기댄 채로 서울에서 가져온 책을 조금 읽다가 책을 덮고 잠시 잠을 자다 일어나, 쓰려고 하다가 조금 쓰다가 어두워지기 시작할 때 집을 나왔다.

문을 열면 바로 보이는 석기시대로 가 오향장육을 먹었다. 사람들은 다들 술을 마시고 있었고 나는 조용히 텔레비전을 보며 오향장육을 먹었다. 맛있었지만 양이 많아 남겼고 아까워서 포장을 해서 일어났다. 언젠가 친구가 오면 오향장육과 군만두를 같이 먹어야지. 남기지 말고 둘 다 먹어야지. 언덕을 내려와 걷다가 백화점 옥상으로 올라가 바다를 보았다. 백화점을 나와 바다를 향해 걸었다. 사람이 드문 길을 바다를 따라 걸으며 바닷바람이 머리를 할퀴지만 아주 춥다고는 할 수 없고 오랜만에 집에서 전화가 왔는데 퇴근했니 집이니 저녁은 먹었니라는 질문에 엄마에게 어디에 있다고 말을 못하고 친구를 만나 저녁을 먹는다고 하였다. 곧 집에 들어갈 거야. 나는 곧 집으로 돌아갈 것이다. 아직 나조차 제대로 받아들이고 있지 못하지만 나에게는 부산의 집이 있었다.

몇 년 전 백화점이 생기기 전 이 근방 어딘가를 헤매다 여러 개의 점집과 오래된 횟집을 보았다. 점집에는 점집임을 알리는 낡은 깃발이 바닷바람에 휘날리고 있었고 낡고 엉성하게 지은 집들은 서로서로 의지하며 잘 붙어 있었다. 나는 전어회를 먹고 있었고 맞은편 할아버지들은 심지어 한국전쟁 이야기를 하고 있었다.

저 사람들은 정말로 한국전쟁을 생생하게 기억하나요 그럴 수가 있나요 그렇다면 나이가…… 그렇게 바다를 따라 조금 걷다가 바닷바람을 묻히고 집으로 돌아오자 설교도 찬송가도 들리지 않았고 나는 보일러를 틀고 보일러 소리가 징 하고 잠시 들렸다. 그 소리는 예정된 신호 같았다. 지금 이 설교를 듣고 계신 여러분의 영광된 미래는 천국으로 향하는 길과 맞닿아 있습니다. 나는 설교를 들으며 옷을 챙겨 화장실로 들어갔다. 씻고 나와 얇은 이불 위에 누워 잠이 들었고 자다가 누군가 문을 두드리는 꿈을 꿨고 나는 겁에 질렸으나 도망가지 못했고 그러다 어떻게 어떻게 문제를 해결하고 극복했다가 다시 긴장이 되기 시작했고 그것을 반복하는 가위에 눌렸다. 새벽에 깨어나 다시 잠들려 애쓰다보니 잠들 수 있었다. 언젠가의 꿈에서 나는 두 마리의 개에게 열렬한 사랑을 받았었는데.

아침에 눈을 떠서 어제 쓰다 만 부분을 읽어보았다. 배가 고팠고 물을 마시고 다시 누웠다. 12월 초였고 서울에 비하면 따뜻했다. 그래도 두꺼운 이불을 하나 더 사야 할지 가습기를 사야 할지 어제는 손빨래한 속옷을 널어둔 것으로 가습기를 대신했으니 괜찮다고 생각했다. 옷을 입고 씻고 나와 걸었다. 용두산아파트 앞을 지날 때는 얼마 전 나는 저 안으로 들어갔었지 생각했지만 이곳을 아는 것 같다는 혹은 익숙하다는 느낌은 조금도 들지 않았다. 오히려 들어가보기 전보다 모르는 것 같은 낯선 느낌이었다. 여전히 매점 너머 경비 아저씨가 보였고 그는 나를 보고 있었고 주민인 척 올라갈 수 없을 것이다. 미문화원으로 향했는데 건물 앞 벤치에 햇빛이 드리워져 있었고 바람은 불었지만 해가 드는 그럭저럭 괜찮은 날씨였다.

부산 미문화원은 이제는 부산 근대역사관이라는 이름이고 한때는 부산 아메리칸센터라는 이름이었다. 이 건물이 1999년 미국 정부에서 한국 정부로 반환되었을 때의 이름이 부산 아메리칸센터였다고 한다. 반환 운동을 보도하는 기사 사진을 보면 미국의 해당 건물 무상 점거에 대한 비판과 SOFA 조약에 대한 반대와 함께 일제에 의한 역사왜곡을 바로잡아야 한다는 피켓도 같이 보이는데 그것은 이 건물의 시작이 동양척식주식회사 부산 지점이었기 때문일 것이다. 이곳은 1929년 건립된 서양식 건물로 동양척식주식회사 부산 지점으로 사용되다가 해방 이후 부산에 진주한 미군 숙소로 사용되다 1949년부터 1996년까지 미문화원으로 사용되었다. 1996년은 옛날이라고 느껴지는지 얼마 전이라고 느껴지는지 자기 자신을 축으로 생각하면 어떤 시기도 익숙해지지 않는 것 같다. 어쩌면 1996년 이전 이 건물에서 오래도록 근무한 사람이라면 다르게 느낄지 모르겠다. 건물 안으로 들어가 부산의 근대 역사와 미문화원 건물의 역사를 따라가며 걸었다. 1969년 이곳에서는 미국의 달 착륙을 기념하기 위한 전시회가 열렸다. 나는 그 전시를 보러 갔을 사람들, 이곳에서 책을 보고 책을 빌리고 미국 유학을 문의하던 사람들을 그려보고 그들이 제시하는 미래라는 것이 있다면 그 손짓 그대로 따라가보고 싶었다.

부산 근대역사관 건물 계단을 내려갈 때면 작은 창으로 옆에 서 있는 건물의 간판이 보였다. 이층에서 일층으로 내려갈 때 점집이 보였고 그 너머로 인삼 가게 간판이 보였다. 오래된 건물이었지만 잘 관리된 곳이었고 이곳이 이전에는 도서관과 상영관과 또 어떤 시기에는 대사관 업무를 겸한 곳이었다는 것이 잘 그려지지는 않았지만 이곳을 오갔을 미국이라는 곳을 새로운 세계를 꿈꾸었을 학생들을 떠올리고 그들이 어디로 흩어졌을까 생각하고 그러다 이곳에 불을 붙인 이들을 떠올렸다. 그들은 80년 5월 광주에서 벌어진 일에 대한 미국의 책임을 물으며 미문화원에 불을 붙였다. 직접 불을 붙인 네 명의 젊은 여성 중 한 명은 후에 작가가 되고 몇 권의 책도 번역하였다. 나는 그가 번역한 『밥 딜런 평전』을 도서관에서 빌려와 읽은 적이 있다. 그전까지는 밥 딜런에게 별다른 관심도 없었고 좋아한 것은 닐 영이나 레너드 코언이었고 단지 옮긴이의 말을 보기 위해 빌린 것이었으나 읽다보니 의외로 밥 딜런의 여러 면모들이 흥미로워서 끝까지 다 읽게 되었다.

밥 딜런은 1962년 초봄 〈바람만이 아는 대답Blowin' in the Wind〉을 썼고 그는 초연을 하기 전 "지금 부를 이 곡은 저항곡이 아니며 그런 식의 무엇도 아니다. 왜냐하면 나는 저항곡을 쓰지 않기 때문이다…… 그저 누군가를 위해서, 누군가에게 전해 들은 것을 쓸 뿐이다"라고 소개했다.* 이후 딜런은 쿠바 미사일 위기에 대응하여 〈폭우가 쏟아지네A Hard Rain's A-Gonna Fall〉를 쓴다. 이후 해당 곡의 초연을 듣기 위해 "카네기홀에 모인 청중 모두 〈폭우가 쏟아지네〉가 쿠바 미사일 위기에 관한 노래라고 생각했다. 카네기홀의 청중은 딜런의 새 노래에 감동받았고, 몇 주 후 실제로 미사일이 발견되자 그들은 경악했다".** 이 부분을 읽다가 현재와 미래를 생각하는 사람들 와야 할 것들을 끊임없이 생각하고 지금에서 그것을 지치지 않고 찾아내는 사람들은 이미 미래를 살고 있다고 생각했다. 시간을 끊임없이 바라보고 와야 할 것들에 몰두하고 사람들의 얼굴에서 무언가를 찾아내고자 하는 이들은 와야 할 것이라 믿는 것들을 이미 연습을 통해 살고 있을 것이라고. 어떤 시간들은 뭉쳐지고 합해지고 늘어나고 누워 있고 미래는 꼭 다음에 일어날 것이 아니고 과거는 꼭 지난 시간은 아니에요. 나는 이 책의 번역자와 그와 함께 미문화원을 방화했던 이들은 광주라는 사건을 끊임없이 자신에게 묻고 그 이후 시간의 의미를 묻고 답하였을 것이라고 생각하기 시작하였다. 동시에 80년 5월에 그들 자신

---

* 『밥 딜런 평전Chimes of Freedom: The Politics of Bob Dylan's Art』, 마이크 마퀴스 지음, 김백리 옮김, 실천문학사, 2008, 74쪽.

** 같은 책, 79쪽.

이 광주에 있었다면이라는 가정을 반복하고 또 반복하였음을 역시 알 수 있었다. 그러다 문득 그것이 아닐 것이라는 생각이 들었다. 그들이 반복한 것은 그때 그들이 그곳에 있었다면이 아니라 그때 그곳에 누군가 있었다는 돌이킬 수 없는 과거의 사실일 것이다. 그러나 나는 그들이 미국이 자신들의 책임을 인정하는 미래를 연습하였을지는 알 수 없었다. 불을 붙인 이후의 시간을 미래라 생각하였을지도 알 수 없었다. 아마도 그들은 그런 미래를 생각하지 않았을 것이다. 그들이 어땠을지는 알 수 없지만 끝을 내고 매듭을 지어버리는 일, 다음을 생각하지 않는 일이 필요할 때가 있을지 모른다. 그럼에도 왜인지 그들이 새로운 세계를 스스로 믿고 살아내어 미래를 현재로 끌어당겨 반복하여왔을 것이라는 짐작은 계속되었다.

밥 딜런은 누구에게 앞으로 벌어질 이야기를 들었을까. 그것은 필연적으로 보이고 알게 되고 귀에 들리는 이야기였을 것이다. 그리고 그는 자연스럽게 알게 된 것을 들리는 것을 받아 적었다.

미문화원을 방화한 이들이 그날 부산 시내에 뿌린 성명서는 다음과 같았다.

미국은 더이상 한국을 속국으로 만들지 말고 이 땅에서 물러가라.

우리의 역사를 돌이켜보건대, 해방 후 지금까지 한국에 대한 미국의 정책은 경제 수탈을 위한 것으로 일관되어왔음을 알 수 있다. 소위 우방이라는 명목하에, 국내 독점 자본과 결탁하여 매판 문화를 형성함으로써, 우리 민족으로 하여금 그들의 지배 논리에 순응하도록 강요해왔다. 우리 민중의 염원인 민주화·사회 개혁·통일을 실질적으로 거부하는 파쇼 군부 정권을 지원하여 민족 분단을 고정화시켰다.

이제 우리 민족의 장래는 우리 스스로 결단해야 한다는 신념을 가지고, 이 땅에 판치는 미국 세력의 완전한 배제를 위한 반미 투쟁을 끊임없이 전개하자. 먼저 미국 문화의 상징인 부산 미국문화원을 불태움으로써 반미 투쟁의 횃불을 들어 부산 시민에게 민족적 자각을 호소한다.

*1982. 3. 18.**

그와 함께 이런 문서도 있었다.**

* 김은숙, 『불타는 미국』, 아가페, 1988, 41쪽.

** 같은 책, 42쪽.

1. 민주주의를 원하는 광주 시민들을 무참하게 학살한 전두환 파쇼 정권을 타도하자.

2. 최후 발악으로 전두환 군부 정권은 무기를 사들여 북침 준비를 이미 완료하고 다시 동족상잔을 꿈꾸고 있다.

3. 진정한 통일을 원하는 민주 시민들을 탄압 구속한 채, 허울 좋은 통일 정책으로 더이상 국민을 기만하지 말라.

4. 한일 경제 협력 등 한국 경제를 일본에 예속시키는 일체의 경제 협상을 즉각 중단하라.

5. 88올림픽은 한국 경제를 완전히 파탄 나게 할 것이므로 그 준비를 즉각 중단하라.

6. 노동자, 농민, 시민 들은 더이상 비참한 가난 속에서 시달릴 수 없다.

7. 미국과 일본은 더이상 한국을 속국으로 만들지 말고 이 땅에서 물러나라.

8. 전두환 파쇼 정권에 아부하는 관제 언론 어용 지식인들은 자폭하라.

9. 졸업 정원제, 교수 추천제 등으로 학원을 통제하고 있는 5·30 교육 정책을 즉각 철폐하라.

사건 직후 불을 붙인 학생 몇몇의 출신 학교인 고신대학교는 다음과 같은 성명을 발표하였다.

성명서

고신대학 36년간 역사의 흐름 속에서 하나님께서 저희 고신인들을 사랑하셨음을 확신합니다.

금번 '미문화원 방화 사건'에 우리 학생 몇몇이 관련되었다는 보도는 가슴을 찢는 듯한 통증을 안겨다주었읍니다. 그러나 우리 모두는 이 일에 전혀 관계가 없으며 우리의 떳떳한 입장을 분명히 하여야겠읍니다.

이 시점에 있어서 우리 고신인들은 겸손한 마음과 담대함으로 하나님 앞에 무릎을 꿇어야겠으며 이번 교훈을 통하여 조금의 동요도 없이 학문과 신앙에 더욱 매진하여야겠읍니다.

1982. 3. 30.

*고신대학 총학생회장**

우리 민족의 장래는, 우리 스스로 결단하기 위해 사람들이 반복

* 「부산 미문화원 방화 사건에 관한 고신대측의 성명서」, 경향신문, 1982. 3. 30 (https://archives.kdemo.or.kr/isad/view/00711516).

한 미래는, 겸손한 마음과 담대함으로 반복하는 천국의 미래와 기도의 시간은 두 미래는 다른 곳에 존재하며 사람들은 두 세계를 오갈 수 없다. 하지만 천국의 미래를 그리는 자들이기에 민족의 장래를 그렸을지도 모르겠다. 종교를 가진다는 것은 미래를 연습하는 훈련을 거치겠다는 것과 아주 다르지 않을 것이라는 생각을 했다. 그러니까 그것은 미래를 누구보다 열린 마음으로 받아들이겠다는 각오일 것이다. 그들이 손으로 만지고 반복한 미래는 어떤 것이었을지 다시 생각하다가 그것을 묻고 되묻고 답하고 다시 묻는다면 끌어온 미래도 이미 일어난 과거로 혹은 지금 살아가는 현재로 믿을 수 있는가.

—88올림픽은 한국 경제를 완전히 파탄 나게 할 것이므로 그 준비를 즉각 중단하라.

82년에 반복하여 그려본 88년도와 88올림픽을 생각했다. 우리에게 당면한 과제는 올림픽 같은 것이 아니다. 올림픽은 사람들이 사는 곳을 헐고 부술 것이고 가난한 이들에게 가야 할 돈이 경기장에 도로에, 속이고 은폐하고 꾸미고 가리는 곳에 쓰이게 될 것이다. 물론 지금에 와서 88올림픽을 생각하면 그것은 참으로 성공적인 올림픽이었습니다. 〈상계동 올림픽〉이라는 다큐멘터리가 있었지 그렇지만 역사적으로 무척 성공한 올림픽이었습니다. 세계는 서울로 서울은 세계로. 한국은 역대 최고의 성적을 기록했고 냉전의 시대를 지나 평화를 상징하는 모범적인 올림픽이 되었습니다. 화합과 전진Harmony and progress 사람들은 모두 손뼉을 쳤고 지금도 치고 있고 호돌이는 웃고 있고 굴렁쇠는 굴러가고 그 뒤로 비둘기는 날아가는데.

82년에 미문화원을 방화한 이들이 반복한 88올림픽을 떠올려 보니 모두가 아는 성공적인 88올림픽은 실제로 모두가 보고 겪은 것이 아니라 어딘가에서 다른 누군가가 반복해서 만들어낸 다른 세계의 미래처럼 여겨졌다. 그것은 현실이 아니고 미문화원을 방화한 이들이 반복한 88올림픽이 우리에게 당면한 현실이자 미래였고 모두가 아는 올림픽은 '88 서울 올림픽'이라는 게임 같았다. 누군가는 중간에 실패하고 지고 선수들이 우는 엔딩을 보았겠지만 누군가는 제대로 된 플레이로 비둘기가 날아가는 성공적인 엔딩을 보았겠지 그 게임을 좋아하는 사람들이 모여 기념주화도 만들고 호돌이가 그려진 티셔츠도 맞춰 입고 그랬다고 한다. 나는 그것을 게임의 역사에서 짧게 소개된 것으로 본 적이 있다.

집에는 어제 먹고 남은 오향장육이 있었다. 그것을 먹어치워야겠다고 생각했다. 함께 먹으려고 군만두를 포장해 갔다. 부산에는 아는 사람이 없지만 길에서 노래하는 사람 중 둘을 알았다. 한 명은 카메라 가게 앞에서 기타를 치는 사람이었고 다른 한 명은 주로 상송을 부르는 사람이었다. 나는 그 둘을 알지만 그 둘이 기타를 치거나 노래를 부르는 모습만을 알았고 그들이 무얼 하며 밥을 먹고 어떤 사람을 만나고 가족이 있는지 없는지는 몰랐고 그 둘은 당연히 나를 알 리 없었다. 그들은 노래를 부르고 노래를 끝내고 기타와 마이크를 챙기고 걸어서 혹은 버스를 타거나 차를 몰아 자신의 집으로, 혼자 사는 집은 어둡고 혹은 가족들은 그들을 기다리고 그들은 어디로 돌아갈까. 나 혼자서 안다고 생각하는 사람들. 중앙동 인근을 걷다보면 가끔 노래하는 그들을 마주치지 않을까 기대하게 되는데 오늘은 둘 다 마주치지 못하고 아파트로 돌아왔다. 서울로 가기 전에 성당을 몇 군데 가보아야겠다고 생각했다. 나중에 고신대학교도 가보아야겠다고 생각했고 그런데 같은 가게를 매일 간다면 같은 거리를 매일 지나간다면 언젠가 나도 그 사람을 알고 그 사람도 나를 아는 그런 일이 생기겠지? 나는 일단 아는 사람을 만들어야겠다는 생각을 했다. 여행용 샴푸와 비누로 샤워를 하고는 몸을 닦고 머리를 말렸다. 군만두와 오향장육을 먹었다. 배부르고 맛있었다. 내일 눈뜨면 남은 군만두를 먹어야겠다. 많이 걸어 피곤해서인지 눕자마자 잠이 들었고 자다 깨지 않았다. 일어났을 때는 왜인지 춥다고 생각하며 잠에서 깼다. 아침 일곱시였고 다시 잠이 들지 않아 테이블에 앉아 책을 읽었다. 이번에 가져온 책은 로베르토 볼라뇨의 단편집이었다. 읽다보니 문득 지금은 연락이 끊긴 친구가 이 책의 번역자와 친구라고 말했던 것이 기억났다. 미국의 볼라뇨 번역자와 일본의 볼라뇨 번역자, 이탈리아와 독일 그리고 한국의 볼라뇨 번역자가 한곳에서 만난다면 그들은 스페인어로 이야기를 주고받을까. 일단은 영어로 처음에 인사를 하게 될까. 『2666』의 번역자들처럼 그들은 우정을 나누고 비밀을 나눌 수 있게 될까. 남은 군만두를 데워 먹고 커피까지 마시고 나자 정말로 잠에서 깬 기분이 들었다. 내 생각에 설교는 점심시간이 지나야 시작될 것 같았다. 나는 설교가 들리는 것이 괴롭지는 않았지만 다른 주민들이라고 같을 리는 없었고 그렇다면 이른 오전부터 시작할 수는 없을 것이라고 생각했다. 그런데 그런 생각을 하자마자 찬송가는 시작되었고 그와 함께 나는 오늘도 나를 비추는 빛을 보았다. 죄 많은 인간을 축복하고 천국의 미래를 말하는 목소리를 들었다. 옆집 사는 사람은 무자비한 데가 있거나 이 아파트의 사람들은 무심한 편인가보다. 왜인지 두번째 이유일 듯한 느낌이 들었다. 복도에서 오가는 사람들을 마주친 적이 없었고 발소리도 드물게 들렸다. 아직까지는 그러나 천국의 목소리를 듣는 것이 싫지는 않았다. 서울의 집에서였다면 달랐을지 모르겠다. 이곳에서 나는 그것을 다른 세계에서 진행되는 라디오처럼 여겼다. 다시 잠들 수 없겠지 책을 읽다 걸을 것이다.

—

이제 정말 여름이라는 생각이 들었다. 나뭇잎의 색이 선명해졌고 윤미 언니는 할머니와 성당에 다니기 시작했다. 수미는 성당에서 잠이 들어도 되는지가 궁금했다. 아무도 없는 방 무릎으로 서서 고개를 숙이고 두 손을 모아 쥐고 기도를 하는 흉내를 냈다. 눈을 감고 성당에 있다고 생각하자 무언가 말해 네가 하고 싶은 것을 말해, 라고 속삭이는 소리가 들렸고 수미는 눈을 감고 가지고 싶은 것들을 생각했다. 원하는 것들 하고 싶은 것들. 한참을 원하는 것을 중얼거리다가 아, 하고 기도하던 손을 풀고 누웠다. 선풍기를 켜고 누운 채로 교복을 벗었다. 나의 몸은 다 큰 몸일까 나는 이 몸으로 무얼 할 수 있나. 손으로 가슴을 모아 만지다가 팔을 양쪽으로 뻗었다. 팔에는 작게 소름이 돋아 있었다. 주말에는 도서관에 가서 정승과 공부를 하기로 하였다.

언니는 성당에 가고 책도 조금씩 읽기 시작하였다. 가끔 열린 방문 너머로 책을 읽는 모습을 볼 때가 있었다. 이전에는 늘 누워 있어서 흰 발바닥이 얼굴처럼 보였었다. 크고 흰 윤미 언니의 발. 수미는 언니의 방으로 가 언니의 책상에 놓인 노트를 펴서 읽었다. 가는 줄의 노트에 푸른 펜으로 많은 것들이 쓰여 있었다. 가장 최근에 쓴 것은 이런 것이었다.

—나를 둘러싼 어른들이 올바르고 불의를 외면하지 않는 어른들이기를 바랐다. 이제는 스스로 그러한 어른이 되는 길을 걷지 않으면 안 된다는 것을 알게 되었다. 목숨을 잃은 이에게 참회하

는 마음을 가눌 길이 없다. 그 가족의 아픔을 나누는 삶을 살고자 한다. 그들을 위해 매일 기도를 드린다.

언니는 어떤 어른을 생각하고 있는지 여태까지 어떤 어른들을 만난 것인지 생각했다. 수미가 아는 사람들은 그중에서도 수미가 아는 어른들은 고작 스무 명이 넘는 정도일 것이다. 방금 전까지 수미는 그들에게 어떤 실망도 기대도 안 하고 있다고 생각했는데 담임의 얼굴을 떠올리자 문득 사실은 그 사람들이 어떤 사람들인지 다 알고 있다는 생각이 들었다. 나를 겁주려 하고 그것이 그들을 우습게 하고 그러나 나에게 친절하려는 사람들이 있고 모두들 집에 가면 다른 사람이 될 것이다. 모르는 어른들을, 내가 모르고 내가 정체를 쉽게 알아차릴 수 없는 사람들을 수미는 만나고 싶었다. 멋있는 사람들을 새로운 어른들을 만나고 싶었다. 그러고 보면 언니를 잘 모른다는 생각이 들었다. 언니를 알고 싶고 언니와 이야기를 계속하고 싶은 것은 아니었지만 그것은 언니가 어떤 사람인지 이미 다 알아서 그런 것은 아니었다. 수미는 언니가 어떤 사람인지 어떤 생각을 하고 있는지는 도무지 알 수 없었고 언니의 많은 것들이 짐작조차 되지 않았다.

언니의 방을 나와 책 구경을 하러 동네 서점에 갔다. 문제집을 둘러보고 새로 나온 잡지를 보고 눈치를 보며 만화를 보고 집에 돌아왔다. 성당에 다녀온 언니와 할머니가 도넛을 사와서 같이 먹었다. 크로켓과 도넛과 꽈배기가 있었고 할머니의 방에서 상을 펴고 동생과 언니와 셋이서 먹었다. 할머니는 한 개만 먹고 목욕탕에 간다고 나갔다. 동생은 만화를 보고.

—성당에서 잠들면 어떻게 하는데?

—응, 뭐라고?

—갑자기 사람들이랑 있는데 잠이 올 수도 있잖아?

—조는 사람들 있지. 조나보다 한다. 근데……

—근데?

—뒤에서 잔다고 뭐라고 할까. 잠을 못 잤나보다 안 할까. 저 사람은 피곤하다 일을 많이 했다 그래서 잠을 잔다 하겠지.

—좋은데? 학교랑 다르네.

—다르지. 진짜 다르지.

팥이 들어간 찹쌀도넛은 먹으면 기분이 좋다. 달고 맛있다.

—나를 위해서도 기도해줘.

—한다, 하지.

—뭐라고 하는데?

—바르고 이웃을 생각하는 어른이 되게 도와달라고 한다.

—더 멋있는 거 없나?

—그리고 어.

—뭐?

—많은 것을 배우는 어른이 되게 도움을 달라고 한다.

—그래. 그거 괜찮네.

언니는 웃었고 동생은 나는 나는 하고 뒤돌아 달려와 안겼다. 앞니가 없네. 잇몸에 앞니가 흰 앞니가 아주 조금 드러나 있었다. 밤이 되면 이가 아프다고 우는 동생의 머리에서 인절미 냄새 땅콩 냄새가 났다. 나는 어른이 될 것이다. 많은 것을 배우고 배를 타고 먼 곳으로 갈 것이다. 수미는 웃고 떠들면서도 그런 다짐을 반복하였고 그 순간은 가슴이 뜨겁고 출렁거렸다.

엄마는 돌아와 저녁을 먹자고 하였고 수미와 동생은 도넛을 그렇게 먹었던 것을 까먹은 듯이 엄마가 끓인 수제비를 마구 먹었다. 멸치 냄새가 부엌을 가득 채우고 있었다. 엄마는 하루종일 밀가루 먹는다고 말했고 수미는 그건 그거고 수제비는 수제비라고 대답했다. 호박과 양파가 든 수제비를 무김치와 먹고 먹다 빗소리가 들려 문을 여니 비가 내리고 있었다. 엄마는 그래서 수제비가 만들고 싶었나 중얼거리고 비가 내리면 수미는 먼 곳에서 누군가 자신을 찾아올 것이라고 자신을 잘 이해하고 있는 누군가가 편지를 보내올 것이라고 막연하지만 확실한 예감이 들었고 라디오에서는 얼마 전 극장에서 상영하기 시작한 영화를 소개하였다. 먼 도시에서 사람들이 만나는 서로가 서로의 운명인 두 사람이 야경을 걷고 어쩔 수 없는 이유로 혹은 서로의 모자람이나 오해 때문에 헤어지지만 결국 다시 만나고 마는 이야기가 좋았다. 그것은 꼭 자신에게 벌어질 일 같았다. 씻고 공부를 하다가 라디오를 들었고 그러고 보니 이것이 장마의 시작인가보다 그런 생각을 하며 잠이 들었다.

그 이듬해 언니는 복학을 했고 아버지는 다시 취직이 되었다. 수미의 가족은 다시 울산으로 이사를 갔다. 수미는 이제 많은 것들을 잊지 않고 모조리 기억하겠다는 생각을 점점 하지 않게 되었다. 수미는 눈앞에 있는 것들이 무엇인지 그것을 뚜렷하게 보고 싶다고 생각하게 되었다. 이사간 곳에서는 정승처럼 가깝게 지내는 친구는 없었다. 수미는 공부를 열심히 했고 독서실에 다녔다. 먼 곳에 무언가가 있다는 생각만은 변함이 없었다. 밤에 라디오를 듣는 것 말고는 달리 하는 일 없이 학교와 독서실 집을 오가며 지냈다. 이야기를 할 사람이 없었고 자기 전에 종종 울었다. 윤미 언니의 소식은 가끔 들려왔다. 언니는 아프지 않고 잘 지내고 있다고 하였다.

다음에 쓸 것들

내가 처음 부산에서 알게 된 사람은 물론 최명환이다. 최명환은 나의 집주인으로 그는 여상을 졸업한 후 미문화원 근처 무역회사에 경리로 들어가 일을 시작했다. 그는 돈을 모으고 또 모았고 여러 방식으로 불렸다. 발 빠르게 돈을 빌려 집을 사고 갚고 또 돈을 모았다. 회사를 다니면서 뭔가를 어디서 가져와 팔고 집을 담보로 돈을 빌리고 또 집을 사고 오르면 팔고 그리고 또…… 그것은 모두가 아는 돈을 모으고 불리는 방법이고 나 역시 그것을 모르지 않지만 그때의 최명환은 가능했고 나는 아직 가능해본 적이 없고 앞으로도 가능할지 자신이 없었다. 아무튼 그는 경리로 일하며 비서가 따로 없는 작은 회사에서 비서가 할 만한 일들을 하였다. 그러면서 알게 된 것이 있다고 한다.

—나는 경제신문을 매일 읽었다.

—집을 사려면 저도 좀 읽어야겠네요.

어느 날인가 최명환과 함께 나란히 앉아 커피를 마시며 각자의 살아온 이야기를 하였다. 최명환과 비교하면 나에게는 살아온 이야기랄 만한 것이 없기는 했지만 말이다. 그와 마주하면 종종 그가 지나온 시간들 그가 한 것들 가지고 있는 것들 뺏겼던 것들 할 수 있었던 것, 모르게 혹은 알면서 저지른 일들 그중 몇 가지는 확실히 어두운 일들이었고 그런 것이 그 사람을 마주할 때 하나의 에너지로 팽팽하게 느껴졌다. 나는 그것이 부담스럽거나 싫지는 않았다. 그의 에너지를 내가 받아내기 힘들어 지치는 것도 아니었다. 이 사람에게는 흐르고 있는 오늘의 지금의 시간을 물방울처럼 튕겨져 나가게 하는 자신 나름의 시간의 막이 있었고 그것이 그를 감싸고 있었다. 나는 그것을 보고 가끔은 나를 얹고 때로는 손을 흔들며 갈 길을 가는 것이 다였다.

부동산에서 헤어진 최명환을 다시 만난 곳은 차이나타운이었다. 그는 내게 부산에 오는 날 한번 연락을 하라고 하였고 나는 이것이 정말 연락을 하라는 뜻인지 아니면 의례적인 인사인지 다소 고민을 하였으나 약속도 없고 크게 할일도 없어서 그에게 연락을 하였다. 여전히 나는 목욕탕에서 만난 사람이 소개해준 집을 아무 생각 없이 임대하게 된 과정에 대해 나 스스로 결정한 일이면서도 의심스러워하며 스스로 조심해야 한다고 생각하고 있었고 이 사람이 나를 속이려 드는 것은 아닐까. 나는 돈도 별로 없는데 내게서 뜯어갈 건 거의 없을 텐데 생각하며 우리는 일품향에서 깐풍새우와 오향장육을 먹었다. 이 사람이 나쁜 사람이어도 이건 맛있으니 어느 정도 감안이 되지 않을까 하는 생각 혹은 여기서 내가 돈을 내겠다는 시늉을 해야 하는 것일까 뭐 그런 생각을 안 한 것은 아니었다. 그것도 잠시였고 거의 아무 생각 없이 먹는 일에 열중할 정도로 음식은 맛있었다. 말없이 먹기만 하는 시간이 흐르고 그는 집은 괜찮은지, 거기서 사는 것은 어떤지 물었다. 나는 아직 집에 아무것도 없어서 산책하고 책 읽기를 반복할 수 있어서 좋다고 하였다. 산책하기 좋고 별문제는 없어요.

—저도 다음에 뭔가 다른 것 사드리고 싶어요.
—위스키를 사세요 그럼.

최명환은 높은 지대로 올라가 술을 마시고 다시 천천히 걸어내려와 술이 깨면 좋다고 했다. 아직 낮이었고 관광객들은 차이나타운에 모여 있는 중식당들을 살피며 줄을 서고 들어가고 주문을 하고 밥을 먹고 사진을 찍으며 웃고 있었다. 나는 관광객은 아니지만 관광객이라고 해야 할까 출장자라고 해야 할까의 마음으로 다음에 할 일들을 생각하고 있었다. 그래도 부산에 왔으니 오늘은 집중해서 뭔가를 일기가 될지 소설이 될지…… 아니면 가져온 책을 집중해서 읽을지 무언가를 하자. 오늘 열심히 하면 내일은 술을 마셔도 가벼운 마음일 것이다.

—저 모레 서울로 가니까 내일 가는 것 어때요?
—내가 그럼 예약해둘게. 저녁 먹고 여덟시에 보기로 합시다.

최명환은 근처에 사무실이 있다고 거기서 커피를 마시자고 하였다. 중앙동 큰길가에 그의 사무실은 있었는데 건물 폭이 좁고 오래되었지만 깔끔하고 단정한 느낌의 건물이었다. 사무실은 작고 아늑했다. 넓은 사무용 테이블 하나와 손님용 소파와 낮은 테이블 하나가 들어가니 꽉 차는 공간이었다. 최명환은 커피를 내려주었고 잔을 건네주는 손가락에는 묵주반지가 보였다. 반지가 예쁘네요. 나는 세례명을 묻고 어디로 성당을 다니느냐고 물었다. 그는 외국 이름을 말하고 영도로 성당을 다닌다고 하였다.

—근처에도 성당이 있지 않나요? 지나가면서 본 것 같은데.
—응, 근처에도 있어요. 원래 다니던 데가 거기라서 계속 거기로 다니는 거지.

커트 머리의 최명환은 가볍게 머리를 손으로 빗고 그럼 내일 만나자고 하였다. 그래요. 나는 열심히 무언가를 해보겠어요. 집중이라는 것을 혹은 몰두라는 것을 시도와 노력이라는 것을 해보겠습니다. 그날은 배가 불러 근처를 걷다가 아파트로 돌아왔다. 부산타워는 어디든 나를 따라다니는 것 같다. 중앙동을 걸을 때면 코모도호텔이 나를 따라오는 것 같다. 길을 건너면 다가오는 바다는 나를 휘감고 어쩐지 너는 이렇게 걷다가 사라지게 될 거야 사라지는 것은 아니고 다른 방법이 없는 것처럼 잠이 들게 될 거야 말하는 것 같았다. 잠이 들면요? 눈을 뜨면 다음날이 되고 다시 걷고 너는 그 일을 반복하게 된다. 대체 어디서요? 나에게는 그것이 중요했다.

남포동을 걷다가 중앙성당 앞에 섰을 때 문득 성당 안으로 들어가보고 싶어졌다. 아주 어릴 때 내가 살던 집 근처에는 성당이 있었다. 그곳의 건물은 당시 내 주변의 낡은 건물들과는 달랐다. 붉은 벽돌은 오래되었지만 낡거나 초라하지 않았고 나는 그것이 아름답다고 생각했다. 어쩌면 나는 그 안에서 시간을 보내고 놀았을지 모르겠다. 그 이후 유럽 여행에서 성당에 들어갔던 것 명동성당 안에 들어갔던 것을 제외하고는 성당 건물 안으로 들어가는 것은 처음이었다. 긴장된 마음으로 조심스럽게 문을 열고 들어가,

맨 뒷자리에 앉았다. 스테인드글라스를 통과한 빛들은 바닥에 붉고 노란 그림자를 만들었고 동으로 된 피에타상은 나와 눈을 마주치지 않았고 녹음된 오르간 소리는 끊어지다 이어졌다. 앉아 있던 세 사람과 잠시 뒤 조용히 들어온 두 사람은 손을 모아 기도를 하고 나는 눈을 감고 손을 포개 허벅지 위에 두었다. 조용히 뭔가를 나 자신에 대해 생각해보려 하였고 그러다보면 내가 소망하는 것을 알게 될 것이라는 생각도 들었다. 나는 무엇을 기도해야 할까 잠시 생각하다 나는 나를 위해서도 기도하고 싶지 않다는 것을 느끼고 그러나 잠시 다른 사람이 된다면 부산에서 살며 이 근처의 회사에서 근무하며 중앙성당을 다니는 사람이라면 그런 사람이라면 무엇을 기도할 것인가. 그 사람은 당신처럼 아이가 없고 남편이 없고 일을 하며 혼자 살고 큰 희망은 없지만 큰 불만도 없다. 그러나 당신보다 일을 많이 할 것이며 신을 믿을 것이고 어떤 중요한 순간에 타인에게 헌신적일 것이고 그들을 도우려 할 것이다. 그는 내가 타인에게 주었던 결정적인 상처를 주지 않을 것이고 그러나 내가 하지 않았던 큰 후회를 그는 해야만 할 것이다. 우리가 마주앉아 서로의 비밀을 털어놓을 수는 없을 것이고 그는 나를 차갑고 냉정하다 여길 것이고 나는 어쩌면 그를 참을 수 없을지 모르겠다. 하지만 우리가 정말로 마주앉는다면 각자의 손을 내려다보던 고개를 들어 서로를 마주본다면 그때 우리가 할 수 있는 말이 아무것도 없을까. 그럴 수는 없다.

먼저 앉아 있던 세 사람 중 한 사람은 조용히 일어나 조심스럽게 문을 닫고 나갔다. 앉아 있는 사람들의 조용한 기도는 계속되었고 나는 나와 비슷하지만 어딘가는 무척 다른 그가 이제는 볼 수 없는 친구처럼 그리웠다. 서울을 걷는 동안 그런 존재들이 나를 찾아온다고 느낄 때는 드물었지만, 부산에서는 그런 이들이 어딘가 몇 명쯤 살고 있을 것이라고 등뒤에서 횡단보도 맞은편에서 그들을 생생하게 느낄 때가 있었다.

조용히 문을 닫고 나왔을 때 오후의 태양은 선명했고 아래로 내려가는 엘리베이터 안에서 최선생과의 대화가 떠올랐다. 그의 세례명은 마르타라고 하였다. 음식을 차려주는 성녀 남을 먹이는 성녀라고. 나는 그가 먹인 칼국수와 빵과 여러 잔의 커피, 튀긴 새우와 오이를 떠올렸다. 그리고 또 무얼 먹었더라. 왠지 더 많은 것들이 더 많은 먹을 것들이 우리를 둘러싸고 있다는 것을 나는 알았다. 그는 나에게 더 많은 것을 먹일 것이고 우리는 더 많은 식탁에서 만나게 될 것이다. 그 순간 왜인지 그런 것이 보였다. 다음에는 내가 먹을 것을 맛있는 것을 우리를 먹이고 키울 것을 사야지 생각하며 걸었다. 시장에서 칼국수를 사 먹고 좀더 걷다가 이전에 지나가다 들어가보아야겠다고 생각했던 카페로 가 커피를 마시며 책을 읽었다. 좀더 걷다 내일 아침에 먹을 빵을 사서 집으로 향했다. 지는 태양은 하늘을 서서히 붉게 만들었고 나와 비슷한 그는 퇴근을 하며 이 빛 속에서 이 어둠 속에서 함께 걸을 것이다. 그는 나와 어디서 헤어질까 어디서 엇갈릴까 어쩌면 나의 옆집에 사는 그에게 인사를 하며 집으로 돌아왔다. 서울로 출근하면 해결해야 할 일이 있다는 것이 생각났는데 어제오늘은 그 일이 하나도 떠오르지 않았고 장소를 옮기면 의외로 많은 것들이 바뀐다고 생각했다. 집에 돌아와 테이블에 앉았을 때 텔레비전은 없지만 신문은 있어도 좋을 것 같다는 막연한 생각이 들었고 내일 아침에는 신문을 사와야겠다고 생각하며 씻고 책을 보다 잠을 잤다.

아침에는 커피와 어제 산 빵을 조금 먹다가 집 근처 편의점에서 신문을 샀다. 가끔 기사를 챙겨보던 중앙지 하나와 부산 지역신문 하나를 샀다. 부산 지역신문에는 코모도호텔 대표의 인터뷰가 있었다. 코모도호텔은 늘 멀리서만 봐서인지 내게는 부산타워처럼 멀고 높은 느낌을 주는 건물이었는데 그러면서도 언덕을 걷다 보면 종종 어깨 뒤쪽에서 갑자기 등장할 때가 있었다. 그래서인지 내게는 의식하게는 되지만 현실감은 없는 건물이었다. 그런데 오늘 호텔을 운영하는 대표의 인터뷰를 읽다보니 이전보다는 구체적인 실체로 가깝게 다가왔다. 대표는 여성으로 인정을 받지 못하거나 힘들 때도 있었지만 어려움을 헤치며 해나가고 있다고 말했다. 덧붙여 호텔의 음식에 특히 정성을 기울인다고 말하며 늘 신선하고 좋은 재료를 구입하고 있다고 했다. 어떤 곳인지 궁금해지면서 언제 묵어볼까 싶은 생각이 들었는데, 아니 나는 부산에 집이 있는 사람인데 웬 호텔인가. 아니 서울에서도 가끔 호텔에서 묵을 수도 있잖아 아니야 당분간은 안 돼, 안 돼라고 생각하며 신문을 넘겼다. 테이블을 창문 아래에 바싹 붙여두어서인지 테이블 위로 햇빛이 들어와 신문의 반을 비추고 있었다. 두 개의 신문을 대충 훑었을 때 찬송가가 시작되었고 어제 들어갈 때 보았는데 그 집에는 작은 마름모가 반복되는 형태의 철제 창이 복도 쪽으로 설치되어 있었다. 찬송가를 세 곡 부른 후 설교가 시작되었다. 대충 옷을 걸치고 나가 걷다가 차이나타운의 식당에서 데운 두유와 튀긴 빵을 사서 먹었다. 점심까지 배가 고플 것 같지 않았다. 두유를 다 먹긴 힘들어 남겼지만 그래도 평소보다 많이 먹었다. 나는 이제 음식을 남기는 것이 싫었다.

집에 돌아왔을 때는 설교 말씀이 끝나고 신앙 상담이 진행되었다. 이번에는 여성 진행자가 고전적이고 차분한 목소리로 사연을 읽고 답을 해주고 있었다. 열쇠로 문을 열고 문손잡이를 돌릴 때 그 순간 그 진행자에게 강렬하게 의지하고 싶어졌고 나의 고민은 이대로 나의 인생이 변함없으리라는 것이에요라고 나조차도 생각지 못한 나의 고민이 쉰 목소리로 들려왔다. 문을 잠그고 옷을 갈아입고 물을 끓이자 그런 감정과 목소리는 어느 순간 사라지고 오늘 저녁 약속 전까지 해야 할 일들을 해야겠다는 생각만 들었다. 아직 몇 장 넘기지 못한 책을 들고 테이블에 앉았다. 뭔가를 조금씩 쓰기도 했고 배가 고프면 어제 산 빵을 먹었다. 삼십 분쯤 낮잠을 잤고 일어나서는 책을 마저 읽었다. 누군가에게 편지를 쓰고 싶기도 했다. 이를테면 읽고 있는 책의 번역자에게. 당신이 번역한 이 작가의 책을 모두 찾아서 읽었습니다. 한 권을 빼고는 옮긴이의 말이 없더군요. 저는 당신의 옮긴이의 말을 읽고 작가와 작품을 이해하는 데 많은 도움을 받았습니다. 정말 고맙습니다. 앞으로 저는 당신이 번역을 할 때마다 옮긴이의 말을 써주었으면 좋겠습니다. 저는 지금 어디인가 하면, 잠시 서울의 집을 떠나 부산에 있는데……

—어디예요?

—저 아파트예요. 방에 있어요.

—여덟시에 데리러 가면 될까. 지난번 본 부동산 앞에 나와 있을래요?

—네 그럴게요.

—편한 신발 신고 와요.

그러고 보면 이번에 올 때 가져온 옷과 지난번 가져온 잠옷 말고는 옷이든 신발이든 가져다놓은 것이 없었다. 어느 순간 안심해서 짐을 마구 늘려버릴 테지만 아직은 무엇이 벌어질지 몰라 겁을 내고 있는지 모르겠다. 책을 좀더 읽다가 옷을 챙겨 입고 충무

김밥을 사 먹고 커피를 마시고 조금 걷다 여덟시에 맞춰서 부동산 앞으로 갔다. 최선생은 네이비 퀼팅 코트에 회색 숄을 걸치고 있었다. 검정 부츠가 예뻤고 신어보고 싶군 생각하며 인사를 했다.

—멋있으신데요?
—그런가. 평소랑 똑같은 것 같은데?

그는 웃으며 앞장섰다. 별로 춥지 않으니 걸을까 했지만 아무래도 힘들어서 차를 타고 가자고 말하였다. 선생의 옆자리에 앉아 안전벨트를 매면서도 우리는 왜 이렇게 금방 아니 나는 왜 이렇게 기다렸다는 듯이 이 사람을 따르고 있지. 나를 어디로 끌고 가 팔지는 않겠지 뒷좌석에 숨어 있던 누군가가 내 목에 칼을 들이밀지 않겠지. 나는 그걸 의식해서 한 말은 아니었는데 다음에는 친구들이 부산에 놀러오기로 했으며 오늘 가는 곳도 친구들이 데려다달라고 했다고 했으며 내가 오늘 어디로 향하는지 나의 주변 사람들이 알고 있다고 언급했다.

—그래 친구들 오면 좋지.
—그죠.

어렵고 긴 아파트 이름을 지나고 밤의 가로수는 당신은 다른 삶의 한가운데로 향하고 있다고 말하고 있었고 봄이 되면 이 주변에는 벚꽃이 핀다는 이야기를 들었고 꽃이 피지 않아도 충분히 좋아요. 나는 정말로 그렇게 생각했다. 차를 주차하고 선생님은 손잡이를 잡고 뒤돌아 물었다. 당신 술을 잘 마시니? 잘은 못 마셔요. 바 주인도 최선생을 최선생님이라고 불렀고 그는 왼쪽 바 자리로 우리를 안내했다. 우리는 주인이 추천해주는 대로 네 잔씩 마셨다. 주인은 잔마다 친절하게 설명을 해주었고 모두 맛있는 술이었다. 약간 취했지만 기분좋게 흔들흔들거리는 정도였고 다 마시고 일어났을 때 가게 밖은 그새 비가 왔는지 젖어 있었다. 화장실에 갔다 왔더니 술은 또 최선생이 사고 나는 무얼 사야 할까 무언가 사자 잠시 생각하는데 일단 기분이 좋았고 젖은 물냄새와 비 냄새가 낙엽과 섞여 영원히 걷고 싶은 기분이 들게 했다.

—차는 두고 가실 거예요?
—아 우리가 친한 사이거든. 나중에 저 사람이 타고 올 거야.

나와 선생님은 비에 젖은 내리막길을 걷고 어떤 집에서는 색소폰 연습을 하고 있었고 고양이들은 담장 위에서 우리를 내려다보고 있었다. 그날 밤은 선생님 집으로 갔는데 물론 나의 집도 어떤 의미에서는 선생님 집이긴 했으니 굳이 선생님 집이라고 하는 것이 우스울지도 모르겠다. 앉아서 차를 마시고 이야기를 하다보니 몸을 일으키기가 귀찮았고 그는 잠옷과 칫솔을 내어주었다. 우리는 씻고 나와 다시 차를 마시고 서서히 술이 깨어 다크초콜릿을 먹으며 방금 텔레비전에서 시작한 영화를 보기 시작했다.

영화와 영화 사이 광고는 길고 나는 저 감독의 다른 영화를 본 적이 있다고 말하며 영화 줄거리를 설명하려 하였지만 이미 본 영화의 내용을 정확히 설명하는 것이 생각보다 어렵다는 것을 그때 알게 되었다. 간단히 이런 일이 벌어지는 그런 영화예요라고 말하려 하였으나 시작부터 막히자 설명이 길어지고 누구였더라 그다음에는 그래서……라고 이야기는 덜컹거리고 제대로 끝맺어지지 않았다. 영화의 등장인물들은 막다른 골목 앞에 서 있거나 지나가는 사람과 함께 사라지거나 눈에 보이는 식당에 들어가 나오지 않았다. 광고는 곧 끝이 나고 그런 식으로 이야기를 얼버무리다 영화는 다시 시작하였다. 차를 마시며 영화를 집중해서 보다가 다음 광고쯤 이를 다시 닦고 이어서 보다가 어느샌가 잠이 들었다. 그런데 가끔 내가 그 영화를 지어냈다면, 그 여자는 그래서 어떻게 했냐면…… 내가 보았던 것과 상관없는 이야기를 이어나갔다면…… 생각한다. 최선생은 언제쯤 없는 영화를 지어낸 나의 거짓말을 알아차리게 될까. 아무런 이득이 없는 일에 거짓말을 지어내는 신뢰할 수 없는 사람이라고 생각하게 될지 아니면 조금 웃긴 사람이라고 생각하게 될지.

최선생은 싱글 침대와 오래된 책이 있는 작은방을 내어주었다.

나는 책을 조금 볼까 했으나 핸드폰을 체크하다 잠이 들었다. 최선생과 함께 술을 마신 이야기까지는 친구들에게 했으나 집주인의 집에서 잔다는 이야기는 역시 조금 이상한가 싶었다. 이불을 머리끝까지 덮고 내일은 무얼 할까 잠이 오지 않으면 어쩌지 생각하다 어느샌가 잠이 들었다. 꿈을 꿨는데 내가 설명하려 애쓰던 영화의 남자 주인공이 내 친구와 같이 구내식당 같은 데서 밥을 먹고 있었다. 그 배우는 나와 친한 사이였는데 그 순간 왜인지 나는 내가 그를 보았다는 사실을 숨기고 싶어서 뒤를 돌아 식당을 나갔다. 내 옆에는 나의 남편이라고 하는 누군지는 알 수 없지만 꿈속에서 남편으로 설정된 사람이 있었는데 나는 내가 남편이 있다는 사실을 그 배우에게 들키고 싶지 않았던 것이다. 남편은 어느새 사라졌지만 그 배우를 끊임없이 의식하며 나는 길을 걸었다. 그는 왜 내 친구와 같이 밥을 먹었을까. 내 친구는 그를 어떻게 알며 둘은 왜 사이가 좋아 보였을까. 나는 솔직하지 못한 자신에 대한 부끄러움과 그럼에도 그에 대한 그리움, 친구에 대한 질투가 뒤섞여 복잡하고 괴로운 마음이었다. 꿈에서 깨어나 휴대폰 메모장에 '다음에 쓸 것—불륜'이라고 적고 다시 잠들었다.

내가 보다가 잠이 든 영화가 어떻게 진행되었는지는 아침에 최선생과 빵을 먹으며 들었다. 우리는 커피와 빵, 치즈와 사과를 먹었다. 최선생은 나와는 반대로 두 사람에게 어떤 일이 일어났는지

차근차근 자세히 이야기해주었다. 남자는 좋은 사람이지만 주변 사람을 챙기는 일에 자신이 가진 많은 시간과 돈을 써버리는 사람이었다. 그는 유망했던 운동선수로서의 과거를 그것이 과거임에도 여전히 생생하게 간직하고 있었고 때로는 그것이 그의 약점이었다. 그의 연인이자 능력 있는 직장인인 여자는 자신의 능력을 이해하고 존중해주던 전 상사의 연락을 기다리고 있다. 어쩌면 여자는 다른 직장으로 다른 일을 찾아서 떠날 수 있었을 것이다. 그러나 그러지 않았다. 여자는 자신의 능력을 그대로 인정하고 받아들여주던 사람 밑에서 함께 일하고 싶었던 것이다. 여자는 능력이 있고 새로운 일 맡은 일 모두 꼼꼼히 처리해내는 사람이고 사업을 하려는 계획도 있었지만 마음 한편에서는 자신이 가장 잘하는 일은 누군가를 돕고 그 사람이 계획을 잘 펼쳐나갈 수 있도록 지지해주는 일이라는 생각을 하고 있었다.

—그런 면에서 나는 그 여자가 참 이해가 가.
—선생님은 사업을 하시잖아요.
—결국에 그 여자가 사업을 하게 될까? 나는 할 것도 같고. 그런데 그 상사 회사의 한 지점을 맡는 그런 식의 일을 하지 않을까 싶어. 그렇게 일을 믿고 맡길 수 있는 사람이 참 드문 것이거든.

여자는 여동생을 챙기고 어머니와 아버지를 챙긴다. 집에 급한 일이 생길 때 은행에서 돈을 빌려서 가져다준다. 여동생은 불량하다고 해야 할지 아무튼 밤에 몰려다니는 청년들과 노는데 여자는 그들과도 함께 어울린다. 여동생은 또래들과 빈 빌딩에서 지내는데 빌딩 옥상에서는 커다란 전광판이 보였다. 손을 뻗어도 전광판을 만질 수 없지만 사진을 찍는다면 전광판 앞에서 찍는 것처럼 보일 것이다. 나는 어젯밤 보다가 잠든 영화 속 도시의 풍경을 머릿속으로 그려보았다. 나는 마천루라는 말을 고가도로라는 말을 그런 단어들이 가져오는 시원한 공기를 아주 어릴 때부터 동경해왔다는 것이 생각났다. 마천루라는 말은 이제 더이상 쓰지 않는 것처럼 느껴지는데 어제 본 영화에서는 자연스럽게 쓸 것 같았다. 사람들은 마천루 아래를 걷고 우울한 표정을 해도 마음 깊은 곳에서 미래는 밝기만 한 것처럼 여길 것이다.

선생님은 다음에 부산에 올 때 시간이 나면 꼭 또 연락하라고 하였다. 꼭 또. 나는 정말로 다음에는 제가 뭔가를 대접할게요 대답했다. 제가 너무 받아먹기만 한 것 같아요, 너무 감사해요. 고개를 여러 번 숙이고 문을 닫고 아파트를 나왔을 때 이 길을 이렇게 내려오고 꺾고 올라가고 오른편에는 아직 공사중인 건물이 있고 맞은편에는 은행 간판이 보이는 것을 어째서인지 집중해서 외우고 있었다. 근처를 조금 걷다가 집으로 돌아와 대충 청소를 하고 남은 빵을 가방에 넣고 버릴 쓰레기들을 내놓았다. 영화 속 여자는 남자를 깊이 사랑하고 둘이 만들어갈 미래를 꿈꾸지만 남자도 같은 것을 꿈꾸는지 알 수는 없었다. 최명환은 여자와 여동생이 서 있던 그 전광판이 도쿄 긴자의 한복판에 있는 전광판과 비슷하다고 하였다. 긴자에도 꼭 그런 전광판이 있거든. 나는 대전역 근방의 커다란 서울우유 전광판과 종각역 근처의 빠이롯드 전광판을 떠올렸다. 그것과 이것은 비슷하지만 사실 비슷하지 않다. 서울의 집은 집을 비울 때도 보일러를 켜두고 나갔는데 부산은 그럴 필요가 없다는 것이 좋았다. 다시 이곳에 돌아올 때 조금은 춥겠지만 참을 만할 것이다. 문을 닫고 자물쇠를 잠그고 밖으로 나갔을 때 나는 어젯밤 내가 본, 오늘 아침 최선생이 들려준 영화 속 여자처럼 당당한 자세로 그러나 어느 순간 쓸쓸한 눈으로 걷고 또 걷고. 최선생은 그러나 자신은 그 여자처럼 가족들을 챙기지 않았다고 말했다. 챙기지 않은 것은 아니지만 해달라는 대로 해주지 않았고 더 할 수 있었지만 그렇게 하지 않았다고 했다.

—나는 그래서 미움을 받았던 거야. 나는 정말 많이 미움을 받을 때가 있었어.

—지금은 괜찮으세요?

—어머니는 작년에 돌아가시고. 부모님은 그러니 다 돌아가셨지. 가족들을 그래서 자주 안 봐.

돈을 모으고 또 모으고 벌고 모으고 혼자서 돈을 모아서 미움을 받던 최명환. 내가 부산에서 처음 알게 된 사람은 최명환이고 가장 자주 만난 사람도 최명환이었다. 지난번과 다름없이 이번주에도 새로운 사람을 만나지는 못했다. 바의 주인과 만나 이야기도 하였지만 나는 그를 밝은 곳에서 알아볼 자신이 없었다. 새로운 사람을 만나지 못하더라도 스스로를 마치 다른 사람인 것처럼 생각하며 걸었다. 그렇게 나와 비슷하지만 내가 아닌 사람들을 그리워하면서 곧 사라질 사람들이 된 것처럼 스스로를 여기며 걸었고 나는 그런 식으로 살아왔다는 생각 그러나 나에게는 그것이 늘 때로는 그것만이 생생했다. 기차를 타기 전 돼지국밥집에서 수육 백반을 먹었다. 맛있었고 마늘과 양파를 생으로 잔뜩 씹어 먹었다. 배가 부르니 다음날 출근할 준비가 되었다. 사실 준비도 안 되었고 자신도 없었지만 그냥 이제 가는구나 갑시다의 마음이 되었고 커피를 사서 기차에 올랐다. 먹다 남긴 이틀 전에 산 빵도 먹었다. 내가 알게 될 뻔한 많은 사람들이 있었다. 그들은 자신의 일들을 입안에 머금은 채 가끔 침을 모아 삼켰다. 삼켜지지 않으면 괴로운 표정으로 걷다 물을 마셨다. 그러다 밥을 먹고 커피를 마시고 이야기를 하고 집으로 돌아갔다. 나는 가끔 이전처럼 음악을 듣고 싶다고 생각한다. 조용한 곳에서 플레이어에 음반을 넣고 눈을 감고 소리에 집중하는 방식으로 말이다. 나는 내가 알게 될 뻔한 사람들 중 한두 명은 그렇게 음악을 듣고 있을 것이라 생각했다. 휴대폰 메모장에는 이런 것이 쓰여 있었다.

다음에 쓸 것들

1. 불륜물
2. 범죄를 저지른 사람—탐정들과 함께 갱생하기

서울의 집으로 가 씻고 책을 보다 잠이 들었다. 부산에서의 시간은 늦여름 오후처럼 늘어졌고 그럼에도 가끔은 무척 생생한 순간들이 있었다. 다시 부산에 가기 전까지 서울에서의 시간은 압축적으로 흘러갔다. 연말의 해야 할 일들 해치워버려야 할 일들이 많았기 때문일지도 모르겠다. 일주일에 하루이틀은 무척 추웠고 무척 무척 춥다고 말하면서도 연말의 약속들과 남은 일들을 해나갔다. 그래도 몇 년 전보다는 약속이 줄었고 들뜬 기분 없이 조용히 지나갔다. 가까운 친구가 입원을 했고 병문안을 다녀왔다. 연말이어서인지 이유는 알 수 없지만 잠이 들기 전 사람들에게 실수를 했거나 갑자기 화를 냈던 일들이 떠오를 때가 많았다. 집에는 짐이 늘어갔고 연말과 신년에는 냉정한 마음으로 많은 것을 버리고자 하였으나 잘되지는 않았다. 그렇게 서울에서 한 달여의 시간이 지나갔다.

부산의 눈

다시 부산에 간 것은 1월 말이었다. 설 연휴 전 미리 본가에 들렀다가 연휴 앞뒤로 휴가를 내어 부산에 갔다. 설 연휴를 비껴가게 일정을 잡았는데도 기차표는 거의 없어서 눈에 띄는 대로 급히 예매를 해야 했다.

최선생과 두번째로 함께 본 영화에도 남자와 여자가 나왔다. 영화를 보기 전 나와 남자친구는 최선생의 집으로 향했다. 대전이 고향인 남자친구는 부산에서 나와 하루를 보내고 대전으로 올라갈 예정이었다. 오랜 시도 끝에 기차표를 구할 수 있었다고 하였다. 최선생의 집에는 바의 주인과 최선생 집의 이전 세입자인 세영씨와 세영씨의 친구 혜윤씨가 있었다. 원래 우리는 술을 사갈까 하였는데 바의 주인이 참석하는 술자리에 어떤 술을 사야 할지 난

감했고 그래서 치즈케이크와 초콜릿을 사갔다. 대구 이리찜과 방어회와 굴무침이 멜론과 하몽, 치즈와 함께 있었다. 바 주인은 우리에게 코냑을 따라주었다. 남자친구는 처음부터 우리가 지금 어디로 가는 거야……?의 상태였는데 맛있는 것을 먹으며 이야기를 하다가도 순간순간 여기는 어디지? 라고 생각하는 얼굴을 하고 있었다. 그런데 나라고 아주 다르지는 않았다. 다음날 그다음날 한 달쯤 지나서 육 개월쯤 지나서 혜윤씨라는 사람을 마주치면 알아볼 수 있을까? 자신이 없었다.

바의 주인에게 어떻게 이 시간에 계시느냐고 가게에 계셔야 하는 것 아니냐고 묻자 원래 내일이 가게 휴일이라고 하였다.

—명절에는 문을 여나요?

—저희는 명절에 손님이 더 많습니다.

—그럼 안 쉬고 하시는 거예요?

—당일만 쉽니다.

내일이 휴일인데 왜 오늘 쉬는지는 여전히 알지 못했지만 더 묻지는 않았다. 나는 일정을 보다 하루 날 잡아 가겠다고 예약을 했다. 혜윤씨와 세영씨도 아 나도 그날이라고 말했다. 최선생은 소고기가 든 우동을 끓여주었고 그걸 먹고 바의 주인은 이제 곧 가야겠다고 하였다. 우리가 사온 케이크를 식탁에 올렸고 바의 주인은 커피를 내려주었다. 커피를 두 잔 마시고 그는 이제 정말 가봐야겠다며 위스키 한 병을 남은 사람들을 위한 선물이라고 식탁 위에 두고 떠났다. 이어서 세영씨의 남동생이 누나를 데리러 와서 새로 딴 위스키를 마시고 함께 집으로 돌아갔다. 우동을 먹을 때부터 소파에서 자던 혜윤씨는 세영씨가 가고 곧 잠에서 깨어 남은 커피와 초콜릿을 먹었고 남자친구는 이전에 내가 자던 방바닥에서 언젠가부터 자고 있었다. 나와 최선생과 혜윤씨는 커피를 새로 내려 잔마다 넘칠 듯 가득 채워 소파에 앉았다. 혜윤씨는 갑자기 소리를 질렀고 그것으로 우리는 눈이 오는 것을 알았다. 드물고 귀한 부산의 눈. 우리는 잠시 창에 붙어 눈을 구경하다가 이제 막 시작한 영화를 보았다.

영화 속에서 여자는 여러 명의 남자를 만났다. 어릴 때 만난 남자는 여자를 사랑했지만 여자가 자신을 떠날까 두려워 여자가 하려는 일들 학교에 가거나 시험을 보는 것을 쓸데없는 일이라 말했다. 가지 말라고 말했다. 여자는 가지 않았고 시간은 흘렀다. 시간이 지나 여자는 다른 남자를 만나게 되고 어느 날 훌쩍 눈이 많이 오는 추운 곳으로 떠난다. 그곳에서 음식점을 하는 형제를 만나고 함께 따뜻한 것을 먹는다. 창밖에는 눈이 오고 있었고 그 눈은 영화에서처럼 쌓이는 눈은 아니지만 흩날리며 사라지는 눈이지만 이곳에도 눈이 와. 눈이 오는 곳에서 눈이 오는 영화를 보았다. 긴

머리의 여자는 눈길을 웃으며 뛰었다. 눈을 뭉쳐 던졌고 눈 위를 웃으며 뛰다 구르기도 하고 다시 일어나 눈을 뭉쳐 던졌다. 나는 이를 닦고 작은방으로 가 침대 위에서 잠을 잤다.

—너 이 닦았니?
—응응.

잠이 든 남자친구의 입을 오리처럼 모아 정말 치약냄새가 나네, 하고 장난을 쳤다. 편한 옷을 입고 와서 그대로 이불을 덮었다. 머리카락에서 간장냄새 맛있는 냄새가 났다. 구정 며칠 전 명절의 며칠 전 어디에도 가지 않는 사람들이 잠시 만나 맛있는 것을 먹고 이야기를 했다. 당신은 무얼 하는 사람 서로 묻고 좋아하는 것을 말하고. 영화를 볼 때 혜윤씨는 내게 기대고 나는 오늘 처음 본 혜윤씨와 많은 이야기를 하게 되고. 그런데 말이야……

창밖에는 아직 눈이 오고 있을까 생각하다 오고 있어도 쌓이진 않겠지 영화 속 그곳처럼 하얗게 눈이 쌓일 수는 없을 거야 생각하며 잠이 들었다.

우리의 잠을 깨운 사람은 혜윤씨였는데 새벽같이 일어나 토스트를 사왔다고 했다. 모두 부은 얼굴로 토스트를 먹었고 혜윤씨는 회사를 가야 한다며 급하게 화장을 하고 나갔다. 이어서 나는 남자친구를 역까지 배웅했다. 내가 서울로 돌아가기 전날 대전에서 또 들르겠다고 하였다. 가능할지 모르겠지만 일단 우리는 함께 서울로 돌아가기로 하였다. 역시 눈은 쌓이지 않았고 바람은 차가웠지만 견딜 만하였다. 다시 최선생의 집으로 돌아와 남은 것들을 청소하고 사과와 커피를 먹었다. 최선생은 그 여자가 이후 어떻게 되었는지 자세히 알려주었다.

여자는 추운 곳에서 돌아와 다시 사업을 하는 남자를 만나고 그의 집에서 머문다. 그는 여자가 필요한 것들을 준다. 따뜻함과 편안함과 안정감을 주고 그것이 완전하지는 않아도 주고자 한다. 그것은 사랑이라고 할 수 있다. 남자는 일 때문에 일본으로 떠나고 여자는 이후 남자를 따라가지만 어째서인지 그를 다시 만날 수는 없었다. 최명환의 설명은 정확하고 매끄러웠다. 여자는 영화의 마지막 우리보다 미래로 가 지금까지 본 것이 나의 어제였다고 말을 한다. 최선생은 남은 음식을 몇 가지 챙겨주었다.

영화를 보다 잠이 들고 눈을 뜨면 영화의 이어지는 이야기를 들었다. 자기 전 보던 것들은 꿈처럼 허물어지고 녹아가는 것 같다. 그런 아침에는 사과를 먹고 영화 속 사람들의 이야기를 듣고 이미 준비를 마친 최선생은 커피를 마시고 있었고 나는 그제야 나갈 준비를 하였다. 극장은 아니지만 극장을 나설 때처럼 방금 들은 이야기를 가지고 밖으로 나서면 이곳이 어디인지 자꾸만 생각하게 되었다. 소금이 물에 녹는 것처럼 이야기는 곧 흩어졌지만 바람이 불거나 막다른 골목에서 누군가의 얼굴에서 어제 본 영화는 겹쳐졌다. 어제의 짧게 내린 눈은 이미 그쳤지만 겨울이 되어도 이곳은 눈이 드물지만 어제 여자는 눈길을 뛰고 눈을 베어 물었다. 당신은 그 여자가 아니지만 여기는 부산이지만 나는 당신과 눈이 마주치고 나는 잠이 들기 전 본 세계와 눈을 뜨고 들은 이야기만을 가지고 길을 걸었다. 그러고 보니 최명환의 집에서 만난 사람들을 부산에서 두번째로 알게 된 사람들이라고 말할 수 있을지도 모르겠다. 우리가 서로를 알아보고 서로의 얼굴과 이름을 기억할 수 있다면 더 좋을 것이다. 나는 이미 눈이 내리지 않는 거리를 눈 속을 걷는 것처럼 웃으며 눈길을 뛰는 것처럼 웃으며 걸었다.

부산역으로 가 부산항 국제 여객 터미널까지 걸었다. 배는 저곳에 있고 언제나 출발을 하고 가는 사람들이 있고 가끔 도착하는 사람들을 못 볼 때도 있지만 가는 사람들이 있는 것처럼 오는 사람들이 있다. 벤치에 앉아 멀리 있는 커다란 흰 배를 보고 예상보다 한적한 그곳에서 사람들의 발소리와 외국어 안내 방송과 뱃고동 소리를 들었다. 벤치에서 옆으로 누웠을 때 흔들리는 바닷물이 더 잘 보이고 여기에 오면 어딘가로 갈 수 있다는 것이 그 사실이 나를 안심하게 했다. 물론 당신에겐 여권이 필요하지만요. 그래도 갈 수 있다. 나는 어딘가로 떠날 수 있다. 한참을 벤치에 앉아 있다 부산역 근처 호텔 사우나에 들러 목욕을 했다. 때를 밀었고 돈을 드렸고 바나나우유를 사 마셨다. 온돌방에 누워 삼십 분쯤 잤을 때 조금 춥다는 생각을 하며 깼고 다시 온탕에 들어가 지금은 오후, 무언가를 많이 할 수 있는 시간일까 아냐 오늘은 그냥 쉬어버리자라고 이미 결정했어야 할 시간일까 생각하다 몸을 닦고 나왔다. 부산에서의 두번째 목욕탕이네 첫번째 목욕탕에서 나는 최명환을 만났고 한두 달 전의 일이 순간적으로 아주 예전의 일처럼 느껴졌다.

집에 왔을 때는 추워서 보일러를 켰고 벌써 작년이 된 지난번에 사서 읽었던 신문이 테이블 위에 정리되어 있었다. 최선생이 준 굴무침에 밥을 데워먹었고 텔레비전이 보고 싶었다. 저녁에 아무 식당에나 들어가 밥을 먹으며 틀어져 있는 것 아무거나 입을 벌리고 넋 놓고 봐야지. 집에서 가져온 『티보가의 사람들』 3권을 신문 옆에 두었다. 이번에는 두꺼운 책과 또 두꺼운 책과 얇은 책을 가져왔다. 커피를 마시며 초콜릿을 먹었고 속옷과 양말을 빨아 널었다. 아직 집은 춥고 건조했다. 명절에는 모두들 가족들 곁으로 가는 것 같지만 어디에도 가지 않고 홀로 남아 오래도록 걷는 사람 혼자 밥을 먹는 사람 술을 마시는 사람 들이 있을 것이다. 물을 끓여 컵에 담아 손을 녹이며 책을 읽었다. 『티보가의 사람들』 속 자크도 집으로 향한다. 위독한 아버지의 임종을 지키러 자크는 집에 들르고 그간 소식이 없던 그를 이미 늙은 유모는 유령처럼 느낀다. 사람들은 조금씩 모여들고 자크는 답답한 마음으로 빈 방임을 알지만 지젤의 방안으로 들어간다. 이전에 지젤이 머물던 방. 이제는 주인이 외국으로 떠난 어둡고 텅 빈 방에서 자크는 잠시 쉰다. 오늘 새벽 잠든 방은 이전에 최선생이 살았던 방인지 아니면 손님을 위한 방인지 아니면 최선생이 아닌 다른 누군가가 살던 방인지 모르겠다. 책장 위는 코바늘로 뜬 레이스로 덮여 있었다. 국제시장에서 산 걸까 누군가가 직접 뜬 걸까 샀더라도 짐작할 수 없는 먼 곳의 누군가가 뜬 물건이겠지만 말이다. 책장에는 부산의 지도와 『동의보감』과 『성경』이 있었다. 무척 오래된 두꺼운 요리책도 여러 권 있었다. 『폭풍의 언덕』과 『빙점』이 일본어로 된 몇 권의 책들과 함께 꽂혀 있었다. 노트와 제본된 인쇄물도 아래 칸을 채우고 있었다. 시간이 흘러 지금 머무는 방을 빼고 더이상 부산에 집이 있는 사람이 아니게 될 때 혹은 정말로 부산에 집이 있는 사람이 되어버려 다른 집으로 이사를 갈 때. 그도 아니라면 최선생과 한동안 만나지 못하다 아주 오랜만에 만나게 된다면 그리하여 우리는 함께 칼국수를 먹고 커피를 마시다 그의 집에 오랜만에 들른다면 그때 그 작은방 침대에 앉아서 모든 것이 그대로 있음을 느끼며 슬플 것인지 안도할 것인지. 아니면 최선생은 다른 좋은 곳으로 이사를 가, 함께 나란히 앉아 그때의 그 작은방을 추억할 것인지.

물을 마시며 『티보가의 사람들』을 읽다 방안이 따뜻해지자 잠시 자다 일어나 책을 마저 읽었다. 이불 위에 누워 삼십 분쯤 깊이 자다 일어나 책상으로 가 책을 펼쳤다. 자크와 함께 시간을 보내는 것이 좋았다. 집이 있고 집에 돌아온 자가 있고 우리를 기다리는 것이 다름 아닌 집이라면 그럼에도 돌아온 자는 곧 떠나게 되는 것인지도 모른다는 생각을 집에 돌아온 자크를 보며 하게 되었다. 그런 생각을 하며 한동안 자크와 함께 있었다.

최선생이 싸준 빵을 먹다 옷을 입고 나가 돼지국밥을 사 먹었다. 또 양파와 마늘을 잔뜩 먹었다. 텔레비전에서는 지역의 떡집을 소개하고 있었다. 사람들은 줄을 서서 떡을 맛보고 어릴 때부터 이 집 떡을 먹었다고 말했다. 백화점 지하에서 가래떡과 콩가루를 묻힌 쑥떡과 작은 병에 든 꿀을 사서 돌아왔다. 가래떡을 꿀에 찍어서 먹고 꿀을 한 숟갈 입에 넣고 삼켰다. 자크와 함께 좀더 시간을 보내다 씻고 잠이 들었다. 오후부터 게으르게 보냈다고 할 수도 있고 뭔가 많이 했다고 말할 수 있을 것도 같다. 어릴 때 자주 가던 사촌오빠의 작은방이 꿈에 나왔다. 그 방의 책장에는 김대중이 쓴 여러 권의 책과 정주영과 김우중이 쓴 책이 있었다. 그러나 꿈의 그 방은 어느 순간 문이 닫혔고 나는 소파에 앉아 배와 생밤을 먹다가 나왔다. 나는 처음 본 친구 그러나 어릴 적 친구라고 하는 이의 집으로 갔다. 그 집의 작은방에는 피아노가 있었다. 어릴 적 친구는 피아노를 쳤고 나는 침대에 누워 친구의 등을 보았다. 어릴 적 친구는 나와 같은 어른이 아니었고 열두 살 정도로 보이는 어린이였다. 어린이와 함께 있는 나의 몸이 무척 크다고 생각했다.

아침에 일어나 슈퍼에서 신문을 샀다. 부산 지역신문 한 부만 샀다. '부산 따라 맛 따라'라는 코너에서는 우동집을 소개하고 있었다. 이 년 전 지금 위치로 이전을 했고 가게가 넓어져 이제는 오래 기다리지 않고 더 편하게 우동을 드실 수 있다고 했다. 명절을 맞이하는 자갈치시장의 모습이 사진으로 실려 있었다. 이전에 해가 질 무렵 자갈치시장에 갔을 때 건어물을 파는 곳에는 휴일이었는지 사람이 아무도 없었고 삼색 고양이 한 마리가 길 가운데에 앉아 있었다. 그 뒤로 고등어 무늬 한 마리가 다다다다다 지나갔다. 너희는 생선 많이 먹니? 여기가 너희들 세상이면 좋겠네.

어제 먹다 남은 빵을 마저 먹고 씻고 나와 영도로 가는 버스를 탔다. 남포동에서 버스를 타고 대교를 지나 영도로 진입하는 순간 바뀌는 풍경은 여러 번 보아도 후련한 기분이 들었다. 이전에 열차를 타고 삿포로에서 오타루로 향할 때의 풍경이 떠올랐다. 제니바코쯤이었을까 창 뒤로 바다가 펼쳐지고 이 열차를 매일같이 타는 것처럼 보이는 사람들은 무심한 표정으로 책을 보거나 휴대폰을 보고 있었고 관광객들은 들뜬 표정으로 스쳐지나가는 바다를 바라보았다.

한진중공업 입구에서 내려 봉래성당을 향해 걸었다. 거대한 벽이 이어지고 벽화는 평화로운 하루와 사람들을 보여주고 있고 신호등을 건너고 뒤를 돌아보면 거대한 배가 보였다. 조선소로 들어가는 작은 문은 반쯤 열려 있었고 모든 종류의 촬영을 금지하며 특히 드론 촬영을 금한다고 되어 있었다. 문 앞의 경비는 지루한 표정으로 앉아 있었다. 영도에는 김은숙이 다니던 고신대학교가 있고 그가 교사로 참여했던 봉래성당 내 밀알야학도 있었다. 오래된 아파트와 작은 시장을 지나자 성당이 보였다. 성당 안으로 들어서자 나는 마치 이곳이 내가 어릴 때 보았던 성당인 것처럼 순간 여겨졌는데 왜냐하면 그곳에도 수돗가와 돌로 만든 벤치가 있었기 때문이었다. 성당 안을 오가는 사람들은 없었고 교육관이라 표시된 건물 안에서 중년 여성들의 목소리가 들렸다. 벤치로 다가가 앉았을 때 검은 것이 빠르게 튀어 나갔다. 나는 네가 거기에 있는 줄도 모르고 앉으려고 했네. 검은 고양이는 순간 흑표범처럼 보였다. 저거 표범이야 흑표범. 나는 내 옆에 누가 있는 것처럼 혼잣말로 검은 고양이를 가리키며 말했다. 고양이는 문 앞에 누워 있었다. 흑표범을 한참 바라보다가 조용히 계단을 올라 문을 열고 안으로 들어가 뒷자리에 앉았다. 어느 성당이건 스테인드글라스는 아름다운 그림자를 만들었고 노란색 붉은색 그림자는 흐린 테두리를 만들며 흔들렸고 나는 최선생은 누구를 위해 무엇을 위해 기도하나 잠시 생각했고 또다시 조용히 자리를 잡고 기도하는 사람들을 의식하며 조용히 눈을 감았다. 나는 겸손한 마음으로 천국의 시간을 반복해보고 그 막연한 시간은 미래임에도 미래처럼 여겨지지 않았고 마치 슬픈 과거 같았다. 내가 태어나고 젖을 먹고 따뜻한 이불과 손길에 싸여 있을 때 원하는 것이 절대적이고 또한 적을 때. 나는 천국의 시간을 입에 담자 그때의 만져지지 않는 시간들이 떠올랐다. 눈을 떠 왼쪽 창으로 고개를 돌리자 쏟아지는 빛 속에서 먼지들이 떠다니고 있었다. 이전에 갔던 부산 근대역사관의 계단은 옛날 건물의 계단이었다. 계단을 내려갈 때 보이던 작은 창과 창에서 미끄러지는 햇빛과 햇빛 속에서 보이는 먼지와 창 너머 간판과 그 사이를 부유하는 빛과 먼지의 작은 흔들림이 성당과 이어지는 장면처럼 생각났다.

성당을 나와 이모 도나스를 향해 걷고 걷고 골목에는 작고 오래된 술집들이 문 앞에 발을 달고 있었다. 아직 이런 곳이 있구나라는 생각과 동시에 낮에도 술을 마시고 있는 중년 남성들이 무심한 얼굴로 밖을 보고 있었다. 도넛을 한 세트 사고 추가로 두 개를 따로 더 샀다. 추가로 산 도넛을 길에서 먹으며 버스 정류장으로 향했다. 최선생에게 집이세요 묻고 우리는 사무실에서 만나기로 하였다.

따뜻한 물

영도에서 남포동으로 향하는 버스를 탔다. 성당에 앉아서 미문화원 계단을 떠올리던 것처럼 몇 달 전 그곳에 갔던 것을 생각했다. 사실 이전에도 몇 번 그곳에 들른 적은 있었다. 길을 걷다 오래된 건물이 보였고 고풍스럽고 튼튼해 보이는 그 건물이 마음에 들었기 때문이었다. 그러다 좀더 천천히 그 건물을 살펴야겠다고 생각했던 것은 부산에서 진행되는 전시에서 옛 미문화원 건물인 부산 근대역사관과 관련한 원고를 의뢰받았기 때문이었다. 나를 추천한 사람은 이전에 전시 큐레이터와 작업한 적 있는 소설가와 예술 지원 행정기관에서 일하는 친구였다. 큐레이터는 두 사람에게 각각 이러한 원고를 의뢰해야 하는데 적절한 사람을 추천해달라고 하였고 둘은 모두 나를 추천했다. 그럴 때 그 일이 내게 오지 않기는 아무래도 힘들 것이다. 나는 나에게 일을 의뢰하게 된 이유를 부원아파트가 보이는 호텔 로비 카페에서 여름이 끝나갈 무렵 듣게 되었다. 두 친구는 나를 추천한 후 나의 연락처를 그에게 알려줘도 되겠느냐고 물었고 나는 당연히 좋다고 하였다. 아, 그런데 전시 큐레이터는 덴마크인이고 코펜하겐에서 활동하고 있는가봐. 이번 주말 서울에 올 일이 있다는데 괜찮으면 만나봐. 정말로 잠시 후 영어로 메시지가 왔다. 큐레이터는 혹시 만날 수 있겠느냐고 내게 물었다.

—만나는 건 좋아. 그런데 나는 이번 주말 부산에 갈 예정인데.

—아 나도 부산에 있다가 토요일에 서울로 가는데. 그럼 토요일에 부산에서 보는 건 어때?

처음 보는 덴마크인 큐레이터와 주말 오후 부산역 근처 호텔 로비에 앉아 부산 미문화원이었던 부산 근대역사관에 대해 이야기를 했고 나는 오랜만에 영어로 말해서 내가 무슨 말을 하는지 맞은편에 앉은 이 사람은 지금 무슨 말을 하고 있는지 우리의 이야기는 어디로 흘러가는지 생각했다. 아니 생각하려 했지만 잘되지는 않았고 어떻게든 흘러가겠지 하는 생각 이 일을 하게 되면 좋겠지만 아니어도 할 수 없다는 생각을 했다.

우리는 카페 테이블에 부산 지도를 펼쳐놓고 생각날 때마다 지도를 살폈다. 내가 주로 다니는 곳은 이 근방이야. 부산역 주변으로 작은 동그라미를 그렸다가 아니 좀더 커도 될 것 같아 좀더 큰 동그라미를 그렸다. 그는 시장과 근대역사관이 흥미롭다고 하였다. 그러다 고리원전과 다대포와 영도를 손가락으로 가리켰다. 고리원전은 바닷가에서 보인다고. (뭐라고?) 원자력발전소가 바닷가에서 보인다고. 네가 바닷가에서 그것을 볼 수 있다는 말이야. (아.) 나는 바다를 한 군데 꼽자면 다대포를 좋아해. 그렇지만 무엇보다 나는 이 근방에 집이 있으면 좋겠다고 생각했고 방금 전 그렸던 작은 동그라미를 가리키며 이 근처에 집이 있었으면 좋겠어. 그런 이야기를 하자, 정말로 그렇게 될지도 모르는 일이라고 그는 웃지 않고 진지한 눈으로 말했다. 너는 서울에 갔다가 다시 코펜하겐에 갔다가 일이 생기면 다시 부산에 오는 거니?

—어 그런데 괜찮아. 괜찮아. 정말 익숙해졌어.

왜인지 길에 사람은 적고 품에 안은 도넛은 아직 따뜻했고 따뜻하다고 생각한 동시에 기름에 튀긴 밀가루의 풍요로운 냄새가 맡아졌다. 최선생의 사무실에서 최선생과 도넛을 먹으며 지난여름 어느 오후 호텔 로비에 앉아 미문화원에 관해 이야기했던 것을 말했다.

—그래서 글은 쓴 거야?

—썼고 쓰고 있어요.

—썼다는 거야 쓸 거라는 거야?

—둘 다예요.

나는 웃고 최선생은 뭐든 약속이 중요한 것이라고 말했다. 나는 거리낌없이 엄격함을 드러내는 이런 방식이 좋다고 생각했다. 나는 봉래성당에 들른 이야기도 하였는데 그는 검은 고양이는 아주 느긋하다고 말했다. 정글의 사자처럼 아주 거리낄 것이 없다는 듯이 행동한다니까. 정글의 사자가 정말로 아주 거리낄 것이 없다는 듯이 행동하는 것일까 본 적이 없으니 알 수가 없다고 잠시 생각하다 말았다. 이 도나스집도 정말 오래된 곳이야 내가 처음 회사 다닐 때 그때도 있었다니까. 그러니까 진짜 오래된 곳이지.

—그때도 짧은 머리였어요?

—짧았던가? 아니다 그때는 길어서 파마하고 다녔다. 진짜 어렸는데 그래도 아주 잘하려고 했다 뭐든.

최선생은 82년 미문화원에 불이 나던 그날도 기억난다고 말했다. 아직 쌀쌀한 봄이었고 바람이 많이 부는 날이었는데 그래서였는가 그래서 불이 금방 붙었는지 모르겠다. 최선생은 골똘한 얼굴로 이야기를 이어나가고. 연기가 주변 건물의 열어놓은 창으로 들어올 정도로 엄청나서 문을 닫고 일을 하다가 몇몇은 먼저 집으로 돌아가고 일이 남은 최선생은 기침을 하며 남은 일을 했다고 하였다. 밤이 되어 돌아가는데 지하도 계단을 내려가다 구두를 신은 채로 넘어졌고 다리는 접질렸고 무릎에선 피가 났다. 위로 올라간 치마를 보고 지나가던 세 명의 남자는 휘파람을 불었고 그중 한 명은 지나가다 다시 돌아와 치마 안으로 손을 넣어 다리 사이를 만졌다. 이 모든 일이 십 초 정도의 아주 짧은 시간 동안 일어났고 최명환은 아무렇지 않은 것처럼 얼른 치마를 내리고 밝은 곳으로 밝은 곳으로 뛰듯이 다친 다리를 끌며 걸었다. 오천원어치 도넛 세트의 절반을 먹은 나와 최명환은 커피를 한 잔 더 마시고 자세는 자연스럽게 소파에 기대고 있고 하루에 도넛을 네 개쯤 먹으니 몸이 무겁고 졸렸다. 나른한 오후였다. 오늘은 안 가본 곳까지 멀리 가볼까봐. 많이 걸어야겠다는 생각을 했다.

이후 도넛을 먹는 것은 어떤 전통이라고 해야 할까 습관이 되어 내가 부산에 있을 때면 최명환은 성당에 다녀오는 길에 도넛을 사서 사무실로 불렀고 우리는 도넛을 먹으며 이야기를 한다. 그리고 휴지로 닦아도 기름진 손가락을 한 채로 커피를 마시고 걷고 또 걷는다.

미문화원 방화 사건 며칠 뒤 최명환은 지하도를 지나기 싫어 길을 돌아가다가 어느 병원 앞에서 사람들이 이야기하는 것을 들었는데, 오십대 남자 둘이 빨갱이들은 죽어도 괜찮다는 이야기를 하고 있었다. 나는 최명환의 옆얼굴을 보면서 이야기를 들었다. 최명환의 코와 미간에 깊은 주름이 순간 생겼다 사라졌다. 그때 최명환은 파마머리였겠지. 다친 다리가 다 안 나아 구두를 신지 못하고 스타킹에 운동화를 신은 발로 걷고 또 걷던 최명환. 최명환은 그 이야기를 듣고 왜 그랬는지 남자 둘이 선 바닥 옆에 소리를 내어 침을 뱉었다고 했다. 도넛은 맛있고 최명환은 커피를 마시며 이야기를 이어나갔다. 어떨 때 오후의 시간은 영원한 것 같다. 소파에서도 꼿꼿하게 허리를 펴고 앉는 최명환은 어디 살펴보면 일기 같은 게 나올지 몰라 하고 말하였다. 죽어도 괜찮다 그 정도가 아니었거든. 아주 심한 말이었겠지? 아주 심한 말이라서 듣고 몸서리가 쳐졌다. 그 말을 들었을 때 집에 오자마자 막 뭔가를 썼던 기억이 나거든. 나는 더 심한 말이 뭘까 잡아 뜯어 다 쓸어버리고 찌르고 목을 베고…… 심한 말을 생각하고 무엇이든 그것을 글로 써보면 처음 들었을 때의 생생함은 옅어져서 모든 것이 덜 무서워지는 것 같다고 생각했다.

창밖에서는 아주 짧게 가늘고 가벼운 비가 내리다 말았고 사무실 창을 열었을 때 비에 젖은 흙냄새가 가볍게 밀려왔다. 서울로 돌아가기 전에 온천장 같은 데 가서 몸을 담그고 온천욕을 해야겠다는 생각이 들었다. 그런데 사람이 너무 많을지도 몰라. 창을 잠시 열어둔 채 밀려오는 차가운 바람과 비 냄새를 맡았다. 지금도 나는 누군가 죽어도 좋다는 이야기/ 어떤 사람들은 나라에서 쓸어버려도 좋다는 이야기/ 부족하고 모자라 보이는 사람들은 흐름에서 탈락되어 죽어버려도 좋다는 이야기/ 그런 사람들은 폐를 끼치지 말고 얼른 죽어버려야 한다는 이야기를 자주 듣는다. 어쩌면 매일 내가 듣는 것은 보는 것은 얼른 그것을 행하라는 사인일지 모르겠고 우리가 공평하고 공정하게 두 손에 각각 빵 하나씩을 쥐기 위해서는 그러니까 누구도 빵을 세 개 쥐어서는 안 되고 손이 없는 자는 손을 내밀 수 없으므로 그것을 위해 새로운 방법을 만드는 것은 낭비이고 새로운 방법을 만드는 동안 실수가 생길지 모르므로 손이 없는 자가 빵을 가지지 못하는 것은 안타깝지만 당연한 것이고 그래야만 한다고 세상 모든 곳에서 외치고 있는 것 같았다. 커피를 다 마신 최선생은 불을 붙인 학생 중 한 명과 같은 성당에 다녔다는 이야기를 하였다.

—김은숙씨인가요?

창 앞에 선 최명환의 짧은 머리카락이 바람에 흔들리고 있었다. 쌀쌀하지만 춥지 않고 이야기를 하다보니 언제부턴가 뜨거운 돌을 입에 물고 있었던 것 같아 창가에 서서 차가운 바람을 맞았다. 나는 서 있는 최명환의 뒤에 서서 블라우스와 치마를 입고 파마머리를 고무줄로 묶고 늦게까지 일을 하다 잠시 커피를 마시며 쉬고 있는 82년의 최명환을 생각했다. 구두를 신은 채로 뛰다 넘어지고 얼른 치마를 털고 일어나 뛰는 최명환은 아무 일도 일어나지 않았다고 생각했다. 얻어맞은 것도 아니고 돈을 빼앗긴 것도 아니고 모욕을 당한 것은 더더욱 아니고 얼른 뛰어서 집에 가야겠다고 생각했다. 우리에게는 아무 일도 일어나지 않았다. 창가로 다가갔을 때 다시 비가 조금씩 내리기 시작했고 그럼에도 문을 닫지 않고 작은 물방울이 우리의 소매 걷은 팔과 손등으로 뛰어드는 것을 뛰어들다 사라지는 것을 그대로 두었다.

가방을 챙기고 일어설 때 최명환은 사무실 캐비닛에서 여러 개의 우산 중 가장 좋은 것을 골라주었다. 고개를 숙이고 손을 흔들고 나갈 때 왠지 나를 이곳에 숨겨주세요 외치고 싶은 기분이 들다 말았다. 사무실은 숨기 좋은 곳 같았다. 서울에서 나쁜 짓을 저지르고 부산으로 도피한다면 이곳이 적절할 것이라고 생각하였다. 문을 닫으면서 사진을 찍듯 사무실의 모습과 허리를 세우고 앉아 있는 최명환과 스카프를 꺼내어 두르는 동작을 기억해두었다. 손에서는 여전히 맛있는 냄새가 났다. 걷다 멈추다 계속 걷기를 반복하며 진시장까지 걸었다. 튀긴 탄수화물을 이렇게 많이 먹어도 될까? 시장에서 호떡을 사 먹고 피곤해서 지하철을 타고 돌아왔다. 호떡은 정말 맛있었다. 다 먹고 보니 코트에 녹은 설탕이 묻어 있었다. 그걸 떼면서 돌아왔다.

집에 돌아왔을 때 명절이어서인지 평소보다 아파트가 더 조용하다는 생각이 들었다. 씻으러 가기 전 남자친구와 잠시 통화를 했고 씻고 나와서는 티보가의 사람들과 잠시 함께 앉아 있다가 잠이 들었다. 티보가의 사람들에게 자크에게 앙투안느에게 의지하고 싶었고 실제로 의지하고 있었다. 나는 오랫동안 자크를 보고 있었고 자크도 나를 믿을 것이다.

내가 부산에서 휴일의 며칠을 보내고 있던 사이 자크는 어느새 제네바로 가 있었고 혁명가의 일원이 되어 있었다. 기사를 쓰며 돈을 버는 자크는 제네바의 여름 한낮을 걷는다. 나는 20세기 초의 내리쬐는 햇빛은 지금과 다를 것인지 분명히 다르겠지만 그럼에도 계절의 묘사는 어느 때고 생생하다는 생각을 했고 그런 생각을 하자 내일 아침 창으로 쏟아져내릴 햇살이 미리 손에 쥐여진 것 같았다. 자크가 걷는 여름의 제네바가 한밤의 내가 있는 곳으로 순간적으로 머물다 가고 시간이 지난 후 어느 날 나는 제네바의 여름 한낮이 예고 없이 다시 또 나를 찾아오리라는 것을 예감했다. 나는 그 순간들과 함께 누워 있었고 생생하게 닥쳐오는 책 속 사람들을 생각했고 그러다보면 그 공기 안에서 잠이 들 수 있었다.

눈을 뜨자마자 옷만 대충 걸치고 밖으로 나와 전복죽을 먹었다. 따뜻한 기분이 들었고 걸어서 근대역사관까지 갔다가 벤치에 앉아서 유자차를 마셨다. 82년의 3월, 3월이면 아직 추운 날씨였을 것이라고 생각했다. 인화물질을 들고 건물 안으로 들어가는 사람과 바쁘게 일을 하고 있는 최명환과 근처 백화점에서 미문화원 건물을 보고 있을 남자를 생각했다. 나는 사람들이 계속해서 계속 계속 걸어다녔을 것이라고 생각했다. 최명환은 70년대의 끝자락 학생들이 시민들이 독재 타도 유신 철폐를 외치는 것을 사무실에서 집으로 가는 주말 길 위의 어디선가 들었을 것이다. 불을 붙인 이들도 이 거리를 계속 걸어다녔을 것이다 뛰어다녔을 것이다 처음부터 끝까지 시작부터 마지막까지. 79년 부마항쟁과 82년의 일을 당연한 일처럼 연결하고 싶은 마음은 없으나 82년 미문화원에 불을 붙인 이들은 79년 부산 거리거리를 뛰어다니며 소리 높여 독재 타도 유신 철폐를 외쳤을 것이다.

몇 년 전 일본에서 텐트 연극을 보게 되었을 때, 텐트 연극을 하는 사쿠라이 다이조는 82년 3월 부산 미문화원이 불타던 날 서울에 있었다는 이야기를 하였다. 광주로 가기 전 들른 서울에서 그는 서울대의 활동가들과 술을 마시고는 통금 때문에 함께 여관에 들어갔는데, 다음날 아침에 여관을 나오니 호외가 돌았고 호외를 본 활동가들은 여관을 나와 말없이 다급하게 흩어졌고 나중에 알고 보니 대부분 체포당했다고 한다. 나는 이 이야기를 언젠가 그의 공연을 보고 난 후 밥을 먹으며 들었다. 함께 술을 마시던 사람들이 순식간에 흩어졌고 순식간에 흩어졌다는 것을 설명할 때 손의 제스처. 그에게 왜 서울에 왔느냐고 묻자 80년 5월 당시 광주에서 있었던 일을 뉴스로 보고 광주로 가지 않으면 안 된다고 생각했던 것이 82년이 되어서야 실현되었다고 하였다. 그들이 술을 마시기 전 서울의 활동가들은 그를 붙잡고 묻는다. 너는 광주를 보았지? 뉴스로 광주를 보았지? 그는 보았다고 말한다. 사람들은 무엇을 보았느냐고 그를 둘러싸고 묻는다. 다음날 사람들은 흩어지고 그는 광주로 향했다. 1982년의 광주에서 그는 무엇을 보았을까. 80년 5월을 뉴스로 본 광주를 아는 일본인이 무언가를 보고자 광주로 간다면, 반대로 대학에서 선배들이 광주에서 일어난 일을 설명할 때 그건 선동이라고 군인이 시민들을 무차별 학살할 리가 없다고 다 거짓말이라고 믿는 사람이 자신의 믿음을 관철하기 위해 1982년 광주로 간다면. 1980년이 아닌 1982년의 광주에서 그들은 무엇을 보는가. 혹은 광주는 무엇인가를 증명해야 하는가? 내가 보았던 사쿠라이 다이조의 연극 중에는 '미래 기억'이라는 말이 들어가는 연극이 있었다. 일본어로 진행되는 공연이었기 때문에 이해하기가 쉽지 않았지만 나는 그 제목을 가끔 떠올렸다. 그러니까 다른 시간을 살 수 있었다. 미래를 살고 와야 할 것을 살아낸다면 미래를 기억이 되게 살 수 있다고 생각했다. 우리가 보고자 하는 것을 미래를 기억이 되도록 살아가고 있을 때 어느 날 그것이 보인다면 그럼에도 그것은 같은 일을 반복하는 것은 아니고 새로운 미래로 우리 앞에 벌어지는 일이 될 것이다.

나는 유자차를 다 마시니 추웠는데 아까는 따뜻했던 종이컵이 이제는 식어 있었다. 팔짱을 낀 채 고개를 젖히고 무엇이 보이는지 반대로 어디서 어디에서 나를 볼 수 있는지 내가 어떻게 드러나는지 벤치에 앉아 고개를 젖히고 있는 사람이 어디에서까지 보이는지 눈을 감은 채 생각했다.

—여기서 뭐하세요?
—어? 여기서 뭐하세요? 저는 그냥 있어요. 그냥 놀러왔어요.

조무영씨를 보기 전까지 나는 최명환을 제외하고 부산에 아는 사람이 아무도 없다고 생각했다. 조무영씨는 그림을 그리는 사람인데 나는 이전 직장에서 그를 일 때문에 만난 적이 있었다. 나도 그에게 뭐하느냐고 묻자 그는 자기는 이 근처에 산다고 하였다.

—명절인데 어디 안 가세요?
—다 부산 살아서 뭐 똑같습니다. 점심은 드셨어요?
—아뇨, 드셨어요?
—같이 드실래요?
—아…… 같이 먹을까요?

우리는 근처 식당에서 간짜장을 먹었다. 중국집으로 들어가 왜인지 고민 없이 마치 이전부터 먹고 싶었던 것처럼 둘 다 간짜장을 시켰다. 빠르게 나온 두 그릇의 간짜장을 조용히 말없이 맛있고 빠르게 먹는 두 사람. 서울로 돌아가기 전에 같이 술을 마시기로 하고 그런데 정말 마시게 될까? 일단은 커피를 마셨다. 보수동 헌책방들 사이에 있는 카페에서 커피를 마시고 별로 춥지 않은 날씨였고 지나는 사람들은 명절이어서인지 어딘가 들뜬 얼굴이었다. 시장에 사람들도 많았다. 나는 요즘은 무얼 하시냐고 물었는데 그는 무얼 하는지 모르겠습니다라고 대답했다. 에스프레소를 마시며 왜 무얼 하는지 모르세요? 묻자 그는 갑자기 내 눈을 똑바로 보며 그래도 열심히 하고 있습니다라고 말했다. 우리는 서로 시간이 난다면 내일 밤에 보기로 하고 헌책방 앞에서 손을 흔들었다. 나의 태도야말로, 무얼 하는지 모르겠다고 대답하지만 자꾸 물어보면 그래도 열심히 하고 있다고 말하는 뭐 그런 것 같다고 생각했다. 그래도 열심히 하고 있나? 일단은 쓰고 있는 것을 열심히 쓰겠다고 생각했다. 천천히 걸어 다시 미문화원 앞 벤치에 앉았다. 사람들은 지나가고 가끔 긴 파마머리를 고무줄로 묶고 블라우스에 팔 토시를 한 최명환이 이곳을 멀리서 보고 있다고 옷에서 나는 탄 냄새를 맡으며 한밤중 불이 났던 건물을 보고 있다고 생각했다. 건물 안으로 들어가 이미 여러 번 읽은 부산 근대역사관의 과거를 읽었다. 전시된 사진 속 교복을 입은 여고생들의 키는 시원하게 켰다. 아래층으로 내려가는 계단에서 창을 통해 보이는 옆 건물의 간판을 한참 바라보다 나왔다.

지하철을 타고 온천장으로 가 근처에 보이는 목욕탕에 갔다. 오래되었지만 깨끗한 목욕탕 건물이었다. 입구에서 샴푸를 사고 돈을 내고 수건을 받아 왔다. 명절이었지만 의외로 사람이 별로 없었고 샤워를 하고 온탕에 들어가 아직 배가 부르다고 생각했고 최명환과 처음 만난 곳은 목욕탕이었고 우리는 온탕에서 서로를 처음 보았고 나는 최명환이 부산에서 처음 알게 된 사람이라고 생각하였으나 오늘 이전에 알고 지내던 조무영을 만났고 그런데 그는 서울에서 만났으니 부산에서 처음 알게 된 사람은 최명환이 맞는 것 같다고 생각했다.

뜨거운 물 안에 몸을 담근 채 미문화원 건물의 계단과 작은 창과 그 창에서 보이는 간판들과 이십대 후반의 블라우스와 치마를 입은 최명환이 검게 그을린 창 앞에 서 있는 것을 보았다. 어제 최명환의 옆얼굴을 보며 이야기를 들었고 최명환의 옆얼굴로 바람이 흐르고 흔들리는 머리카락에서 그의 얼굴로 흐르는 바람이 보였다. 그는 거의 미친 여자 취급을 받았는데 나이가 들었으나 결혼을 하지 않았고 혼자 살았고 가족에게 돈을 다 주지 않고 자기 돈을 모았기 때문이었다. 왜 불이 났을까 흔들리는 바람과 불안하게 흔들리는 나뭇잎과 간판을 보는 그는 어두운 거리를 뛰면서 집으로 향하고 책을 빌리러 향했던 미문화원 도서관을 떠올리고 책들은 금방 타버릴 것이라고 생각하고 잿더미가 된 책들 이미 책이 아닌 잿더미를 생각하고 밤이 되면 집으로 돌아와 일본어를 공부했다. 어떻게 돈을 모을지 불릴지 생각하고 회사에서 가져온 신문을 읽고 또 읽었다. 탄 냄새가 나는 블라우스와 치마를 화장실에 걸어놓고 따뜻한 물로 몸을 씻고 나면 화장실을 채운 더운 김이 더러운 것을 사라지게 할 것이다. 국제시장에서 사온 헌옷들에 모두 뜨거운 김을 쐬었다. 헌옷에는 뭐가 붙어 있을지 모르니까 뜨거운 김을 쐐야 해. 헌 신발을 함부로 사면 안 된다고 식당 아주머니가 최명환에게 말했다. 신발에 뭐가 붙어 있을지 모른다. 최명환은 헌 신발을 신고 또다른 헌 신발을 신으면 좋은 것 나쁜 것이 서로 싸우지 않을까 좋은 것이 결국 이기지 않을까 그런 식으로 생각했다. 그렇게 모든 것을 자신에게 도움이 되는 쪽으로 생각하며 헤쳐나갔다. 나는 온탕에 몸을 담근 채 최명환의 화장실을 채운 김과 밤의 남포동을 뛰어가는 최명환의 뒷모습을 보았다. 세신사에게 몸을 맡기고 그는 내 몸이 좌우가 다르다고 했고 다리를 꼬고 앉으면 안 된다고 하였다. 나는 몸을 뒤집고 옆으로 눕고 다 끝이 나자 돈을 드리고 다시 온탕에 몸을 담그다 샤워를 하고 목욕탕을 나왔다.

봄이 되면 온천장에 벚꽃이 많이 핀다고 하였다. 봄은 금방이고 나에게는 부산에 잘 곳이 있다.

목욕탕 계획

시장에서 통닭을 포장 주문하고 기다리고 있을 때 조무영에게 연락이 왔다. 그는 술을 마시자고 하였고 나는 통닭을 기다리고 있다고 했다. 내가 사는 곳으로 가도 되지만 그와 함께 있을 때 벌어질 일들을 예상하는 것이 정말로 귀찮았고 벌어지지 않을 일들을 예상하는 것도 귀찮았다. 통닭집 앞에서 만난 그는 의외로 얌전히 그렇다면 다음에 보자고 집에 가서 통닭을 드시라고 하였다. 통닭이 정말로 있을 줄은 몰랐다고 했다.

—(포장되는 통닭들을 보며) 그러게요 통닭이 되게 많네요.

—통닭이 이렇게 많을 줄은 몰랐네요. 드시다가 내일 또 드셔야겠어요.

통닭을 기다리며 집이 어디냐고 묻고 이런저런 이야기를 하다 결국엔 조무영의 집으로 통닭을 들고 가게 되었다. 조무영의 집은 작업실 같은 느낌이었다. 오래된 사무실 건물 옥상에 있는 옥탑이었다. 집은 의외로 넓고 깨끗했고 우리는 카레맛이 나는 프라이드와 양념 치킨을 상 위에 두고 맥주를 마셨다. 치킨을 먹다 음악을 듣다 배가 불러 커피를 마셨다. 작은 커피메이커가 혼자서 소리를 내며 열심히 커피를 내렸다. 커피잔을 든 채 조무영과 키스를 하고 그 순간 기분이 좋았지만 뭔가를 더 하고 싶지는 않았다. 나는 얼마 전 알게 된 바의 주인 이야기를 했고 그는 자기도 거기가 어딘지 안다고 하였다. 나중에 기회가 되면 같이 가도 되겠네요, 하다가 아니 안 될 것 같아요 저 일행이랑 이전에 같이 가서 어색할 것 같아요 말하고 조무영도 자기도 생각해보니 안 그러는 게 좋을 것 같다고 하였다.

나의 집은 잘 있을까 문득 그런 생각이 들었고 먼저 가보겠다고 인사를 하고 잠시 껴안고 있다 나왔다. 조무영은 데려다준다고 옷을 입고 따라왔고 그는 자기 집은 사무실 용도여서 춥지만 넓어서 좋다는 이야기를 하였다. 언덕에서 인사를 또 하고 손을 흔들고 집으로 향했다. 뒤를 돌아보니 조무영이 손을 흔들고 있었다. 좀더 걸으며 집까지 왔는데 조무영이 싫은 것도 아니지만 둘이서 이상한 이야기만 하다가 온 것 같고 아 그냥 다시 안 보는 게 낫겠다는 생각 그런데 같이 있을 때는 즐거웠다는 생각을 했다. 남자 친구 생각이 나지는 않았다. 아직 부산에서 벌어지는 일들을 현실감 있게 받아들이는 것 같지 않았고 그보다는 곧 잊어버릴 일들을 가끔씩 아무렇지 않게 하기 때문일지도 몰랐다. 실제로 많은 일들 중 어떤 일을 잊어버리게 될지는 알 수 없지만 말이다.

제네바의 자크는 동료들 동무들 동지들이 이야기할 때 그들 뒤에서 가만히 그들을 바라보았다. 나는 그런 자크를 뒤에서 바라보다 가끔 앙투안느를 생각했다. 밤바람을 헤치고 걸으며 그들 각각이 나의 집에서 잠시 쉬고 있는 것을 생각했다. 테이블 한쪽에는 자크가 앉고 다른 쪽에는 앙투안느가 앉지만 그들은 연극무대에 선 것처럼 관객들은 둘 다를 보지만 그들 각각은 서로가 안 보이는 것처럼 지친 얼굴로 테이블 위에 엎드려 졸고 있다. 미문화원에 불을 붙인 이들도 자크의 동료들처럼 혁명에 관해 길게 이야기하였을까 신학을 전공하던 대학생들은 제네바의 혁명가들처럼 혁명을 이야기하였을까. 아니겠지. 그들이 이야기하던 것은 혁명이 아니라 비슷하지만 다른 것이었을 것이라는 생각을 했다. 그런데 그것이 혁명이 아니라고 혁명과는 완전히 다른 것이라고 말할 수 있을까.

제네바의 사람들은 무엇이 시작되기 직전에 자신들이 도착하였다는 이야기를 하였는데 나는 줄곧 모든 것이 거의 다 끝난 뒤에 도착한 느낌이었다. 그런데 그게 무슨 문제라도 되나요?

다른 생각을 하려 애쓴 것은 아니지만 책 속의 사람들이 각자의 세계에서 고투를 하며 살아가고 있다는 생각을 하며 걷자 어느새가 조무영과 관련된 생각이 들지 않았는데 그러다 또 뭔가 잊은 것이 있다는 생각이 들고 손에서 나는 카레 냄새를 맡으며 방금 먹은 통닭과 조무영을 다시 생각했다. 손으로 얼굴을 감쌌을 때 얼굴이 뜨거웠고 얼굴이 식을 때까지 걷고 싶다는 생각이 들어 집을 지나쳐 앞으로 계속 걸었다. 목욕을 해서 얼굴이 부드러웠고 바닷바람이 불었지만 아주 춥지는 않았다. 연휴가 지나면 2월이 되고 2월은 늘 금세 지나가고 늘 그렇듯 3월이 되어야 새로운 해에 적응이 될 것이다. 발이 아플 정도로 걷다 돌아왔다. 이불 위에는 벗어둔 잠옷이 내 몸의 형태로 정답게 누워 있었다.

옷을 걸어두고 씻고 나와 잠옷으로 갈아입고 자크의 이야기가 아닌, 책벌레 멘델이 나오는 츠바이크의 단편을 읽었다. 책벌레 멘델은 보통의 독서가의 수준으로 상상할 수 없는 많은 책을 읽고 알고 있었다. 그는 늘 카페 글루크에 앉아 자신의 세계에서 책을 만나고 그 세계는 정말로 견고하여 테이블을 두드리는 정도로는 타인의 존재를 알릴 수 없을 정도였다. 그러나 사람들은 그에게 얼마나 다정하고 예의를 갖추었던가, 전쟁이 그들에게서 그러한 덕목을 앗아가기 전까지 말이다. 나는 멘델의 마지막을 기억하는 스포르쉴 부인의 손을 내 두 손으로 잡고 거기에 이마를 대고 잠들고 싶었다. 그러면 그 옆에는 앙투안느가 앉아 모두의 인생을 걱정하고 앞으로 모두들 어떻게 살아가면 좋을지 알려줄 것이다. 어쩐지 그 세계는 나를 사랑하던 개 두 마리가 살던 곳과 멀지 않을 것 같다.

화장실 창을 열고 이를 닦고 있을 때 옆집에서 틀어놓은 신앙 상담 방송이 들려왔고 라디오 진행자와 목사는 청취자가 보내온 사연을 읽고 답해주었다. 매일 술을 마시지 않으면 잠들 수 없는 오십대 후반 남성은 자신은 어떻게 이렇게 되었는지 돌아보기가 두렵다고 하였다. 왠지 곧 죽게 될 것 같다고, 어떻게 할 수 없을 것 같지만 그래도 어떻게 하여야 할까요. 그에 대한 답으로 나는 교회에 나올 것을 권유할 것이라 생각했는데 차분한 목소리의 진행자는 일단 먼 곳의 가게로 술을 사러 간다 마음을 먹고, 삼십 분 정도 걸어야 갈 수 있는 가게에 가서 술을 사라고 말을 한 다음 그렇게 일주일을 반복하여 걷는 것에 익숙해지면 병원에 가보라고 권하였다. 목사는 그것도 좋은 방법입니다. 그러나 가능하다면 당장이라도 병원에 가시고 마음을 먹고 입원을 하셔서 단주를 하는 것이 가장 좋은 방법입니다라고 답하고 성경 구절을 읽어주었다. 너희는 너희가 하나님의 성전인 것과 하나님의 성령이 너희 안에 계시는 것을 알지 못하느냐. 누구든지 하나님의 성전을 더럽히면 하나님이 그 사람을 멸하시리라 하나님의 성전은 거룩하니 너희도 그러하니라. 고린도전서 3장 16절에서 17절 말씀입니다. 지금 대전에서 고민을 보내주신 청취자님도 본인이 하나님의 성전인 것을 잊지 않으시길 바랍니다.

매일 이 집에서 산다면 나는 이것이 거슬릴 것인지 지금처럼 아무렇지 않을 것인지 아니면 기다리게 될 것인지 잠시 생각했다. 그러고 보면 최명환은 한동안 성당에 다니지 않았다고 하였다. 삼사십대의 이십 년가량은 성당에 다니지 않고 주말에도 일을 하고 등산을 다니고 사람들을 만났다고 하였다. 일을 하며 만나는 사람들이 교회를 다녀서 교회에 잠시 다닐 때도 있었다고 했다. 그때는 또 그때대로 열심히 다녔다고 했다. 주어진 것에 감사하고 겸손한 것이 가정을 꾸리는 것이 낮은 자리에서 필요한 일을 하는 것이 뭔가 그런 것이 나와 너무 부딪치고 속이 너무 시끄럽고 답답하고 막 몸이 아플 지경인 거야. 오래 우울했고 진짜로 아프기도 했고 또 그러다 바쁘게 지내다보니까 시간이 그냥 그렇게 지나더라고. 그래도 지금 생각하면 위험했다 싶다. 나는 이제 최명환의 최선생의 목소리를 기억할 수 있다. 그의 목소리는 원하는 때 누르면 재생이 되었다. 최선생의 목소리를 몇 번 듣다 이불을 덮고 눈을 감았다. 최명환은 이십여 년 만에 다시 성당에 다니기 시작했고 그것을 위해 어떤 과정을 거쳤을까. 그런 이야기들도 재생시키고 싶었다.

새벽에 자다 깨서 나는 이제 운전을 배워야겠다고 갑자기 그런 생각이 계시처럼 들었다. 너는 운전을 하여야 한다 이런 식으로. 저녁에는 바에 가기로 했다. 운전을 하게 되면 부산 이곳저곳을 부산 인근을 마구 다닐 수 있겠지? 바에 갈 때도 높은 지대를 오를 때도 편할 것이다. 남자친구로부터 대전에서 곧장 서울로 올라가게 되었다고 연락이 와 있었고 조무영으로부터는 자기가 요즘 이런 걸 저런 걸 하고 있는데 자려다 생각이 나서 연락을 한다는 메시지가 와 있었다. 나는 최명환에게 들어야 할 이야기들을 몇 가지 생각해보았다. 나는 김은숙에 대해 묻고 싶었는데 그것을 어떤 식으로 물으면 좋을지 생각했다. 처음 만났을 때가 기억이 나시나요? 그때 그럼 몇 살이었던 거예요? 왜 그때 일을 시작하신 거예요? 그럼 가족들이 돈을 벌어오라고 시킨 건가요? 그런데 묻다보면 당신은 왜 늘 뛰어다닌 거예요? 왜 책을 안고 뛰어다니고 매일 신문을 보고 늦게까지 일을 했는지 묻게 될 것이고 나는 그 이야기가 이미 여러 번 들은 이야기처럼 귓가에 들리는 것 같았다. 그가 해주는 이야기는 한편으로는 그가 감추는 이야기일 것이고 그가 거짓말을 하는 것은 아니지만 우리는 모두 자신의 이야기를 털어놓을 때 동시에 그것을 감추고 있을 것이다. 뒤척이다 다시 잠이 들었고 운전이 아니라 매트리스부터 사야 할까 푹신한 곳이 그립다는 생각을 하며 잠에서 깼다. 등을 두드리다 스트레칭을 하고 누웠다가 다시 일어났다. 물을 끓여 티백에 든 현미 녹차를 우려 마셨고 지난 신문을 지난 잡지를 읽듯 다시 읽었다. 우동집 소개는 다시 읽어도 재밌어서 한 줄 한 줄 다시 읽었다. 이런 기사만 계속 읽고 싶었다. 우동집 이야기 삼대가 운영하는 서점과 동네에서 제일 오래 산 할머니 이야기 같은 것들 말이다. 문을 두드리는 소리가 들려 긴장하며 나갔더니 옆집이라고 하였다. 김이 나는 새로 뽑은 가래떡이 보였다.

—이사오셨나봐요?

—네. 안녕하세요.

나보다 어려 보이는 그렇지만 보이는 것으로 늘 짐작하기는 어렵다는 생각을 했고 학생으로 보이는 젊은 여성이 접시에 김이 나는 가래떡을 들고 서 있었다. 매일 찬송가를 트는 분이 이분인가 맞을 수도 아니면 이분의 가족일 수도. 아무튼 김이 나는 가래떡은 정말로 당장 먹고 싶었기 때문에 인사를 하고 감사하다는 말을 하고 명절 잘 보내시라는 말을 하고 바로 문을 닫았다. 이전에 사둔 꿀을 꺼내 떡을 먹으려는 순간 아주 잠깐 이렇게 누군지도 모르는 사람이 주는 것을 부주의하게 받아서 사건이 펼쳐지는 그런 추리소설이 있을 수도 있겠지 하는 생각이 들었으나 일단 떡부터 입에 넣으며 생각을 이어나갔다. 반면에 옆집에서 나를 수상하게 여길 수도 있겠다는 생각이 들었다. 한 달에 한 번 정도 들르고 이

샷짐을 옮기지도 않고 뭘 하는지도 짐작이 안 가는 이상한 사람이 라고 생각할 수 있고 그렇게 생각하기 시작하자 누군가 이사를 왔는데 이삿짐을 옮기지 않는 것은 정말 수상하다는 생각이 들었다.

아무튼 떡은 맛있었고 추리소설이라면 보통은 떡이 아니라 일단 떡이 있는 나라는 적으니까 홍차 같은 데 뭔가를 타지 않을까 그런 생각을 하다 정말 아까 그분이 매일 성경을 낭독하는 걸까, 떡을 먹고 다시 이불 위에 누우니 오늘은 찬송가를 트는 것이 아니라 직접 부르시는 건지 피아노 소리와 함께 부르는 찬송가가 들렸다. 중간중간 목소리 두 개가 세 개가 되었다. 가족들이 모여 찬송가를 함께 부르는 일견 평화로워 보이는 장면이 머릿속으로 그려지고. 맞은편 통로의 어딘가에 있는 호스텔의 사람들은 명절에 누군가 맛있는 음식을 해주는 걸까 잠시 생각했다. 삼십 년 사십 년 된 집은 너무 낡고 오래된 집인 것일까 아니면 아직 당연히 현역인 것일까 생각하다가 물을 끓여 인스턴트커피를 준비하며 남은 떡을 먹었다.

옷을 챙겨 입고 옆집에서 준 접시를 싱크대에 두고 운동화를 신은 채로 나와 주차장에서부터 걸어올라갔다. 경비 아저씨는 멀리서부터 나를 보고 인사를 하고 나는 이제 정말로 주민이니 거리낄 것 없이 반갑게 인사를 하고 건물 안으로 들어가 옆을 보면 옆 통로에 계단이 보였다. 몇 개의 상사 건물을 지나고 아래를 내려다

보았을 때는 명절이어서인지 주차장에 차가 적었다. 아파트 안에 무역상사 사무실이 있고 중구어르신협회 같은 협회 사무실이 있고 세계가정평화단 같은 단체 사무실도 있고 호스텔이 있고 사람들이 사는 집들이 있었다. 벽쪽 계단의 통로에서 왼쪽을 보면 무척 젊은 토요코인 간판이 정확히 파란색의 간판이 보였다. 나는 들어갈 수 없는 호스텔 내부의 구조를 상상하며 계단에 서서 토요코인 건물을 바라보았다. 날씨는 맑아 건물은 선명하고 그로부터 삼십 초 뒤 나는 돈을 아끼기 위해 호스텔에 사는 건축을 전공하는 대학원생 P씨를 알게 된다. P씨는 자신이 사는 부원아파트 설계도를 어렵게 구해 책상 위에 펼쳐두고 틈이 날 때마다 건물 안을 걸으며 구석구석을 살폈다. 그는 올라가는 계단 내려오는 계단의 손잡이가 교차하는 V자 사이로 보이는 토요코인 건물을 바라보며 종이컵에 든 인스턴트커피를 마셨다.

—안녕하세요.
—아 네.
—토요코인을 보고 계신 거예요?
—네.

P씨와 나는 한동안 나란히 서서 토요코인 건물을 봤다. 그렇게 그와 나는 처음 이야기를 나누게 되었고 그는 내가 부산에서 알게

된 또 한 명의 사람이 되었다. 그는 자신의 방으로 나를 초대했다. 명절이어서인지 다들 일하러 나갈 시간이어서인지 그의 방에 갈 때까지 마주친 사람은 없었다. 그는 아파트 전체 내부 구조도와 각 세대별 내부 구조도를 보여주며 설명해주었고 그러나 각 세대는 오래된 만큼 내부 수리를 했기 때문에 이 상태는 아닐 것이라고 하였다. 나는 옥상에 이 아파트의 파노라마를 설치하고 통로별로 가상으로 사람들이 오가는 것이 그것을 통해 보이면 재미있을 것 같다고 말했다. 그럴 때 배경은 일단 하늘인데 중간에 토요코인이 보이면 좋겠다고 덧붙였다. 사람들은 옥상에 서서 자신이 사는 아파트의 구조를 몸을 조금 옮기는 것으로 확인할 수 있을 것이다. 언제 가서 보아도 지나치게 푸른 하늘이 있을 것이고 달력 사진 같은 하늘 아래 사람들이 오가고 복도와 계단은 예상보다 많을 것이고 그것을 풍경처럼 여기며 커피를 마시고 이야기를 나누게 될 것이다.

—좋은데요? 그런데 아파트가 파노라마로 봐야 할 만큼 스펙터클한가요.

—저는 여기 아직 진짜 잘 모르겠어요. 사는 사람들도 잘 모르지 않을까요.

—그건 그래요.

—건축을 연구하시는데 이 아파트가 스펙터클하지 않다고 하

면 어떻게 해요?

—아니, 중요하다고 생각해요. 중요하다고 생각하는데. 일단 매일 보는 곳이니까 보는 사람들도 중요하게 생각할까 싶은 거예요.

아파트를 파노라마로 본다면 아파트에 사람들이 살고 있다는 사실만 스펙터클해질 것이다. P씨는 잠시 후 일을 하러 가보아야 한다고 말했고 나는 누군가를 마주치지 않으려 조심하며 그의 방에서 나왔다. 왜 어디서 어떤 사람은 멈춰 서고 또다른 사람도 멈춰 서고 그리고 사람들은 이야기를 시작하게 되는 것일까? P씨는 손은 흔들고 있었지만 V자로 교차하는 계단 손잡이 앞에 멈춰 서서 토요코인을 계속 바라보고 있었다. 나는 옆집에 접시를 가져다주며 무얼 함께 건네야 할까 생각하며 아파트를 나왔다. 이런 식으로 사람을 알게 되는 것이 이상할 정도로 실감이 나지 않는다고 느끼며 큰길을 향해 걸었다. 떡을 받았는데 다시 떡을 주면 안 되겠지 나는 케이크나 쿠키를 사야겠다고 생각했다. 국제시장까지 걸었고 명절이어서 사람들이 역시나 많았고 나는 떡을 먹고 나와서 시장에서 파는 떡을 또 사 먹었다. 길에 앉아서 팥죽을 사 먹었다. 제과점에서 틈틈이 먹을 빵과 옆집에 드릴 쿠키를 샀다. 자갈치시장까지 걸으며 덩치가 큰 고양이들을 보게 될까 생각했다. 그러고 보니 이전에 최선생은 그 무렵 고양이들에게 우유를 주었다는 이야기를 했었다.

최명환은 그때 가끔 마주치는 흰색과 검은색이 섞인 얼룩 고양이에게 우유를 주었는데 우유를 고양이에게 주다니 아깝다고 사람들은 말했고. 미문화원이 불타고 며칠 뒤 그는 회사 뒤 골목에서 연기 때문에 흰색 털이 회색이 된 고양이를 보았다. 고양이는 자기 털을 핥고 또 핥고 그런데 아직 원래 색으로 돌아오지 못했다. 고생하는 고양이를 보며 우유를 주고 그런데 말야, 요즘 안 건데 고양이한테 사람이 먹는 우유 주면 안 좋다고 하던데? 나는 아 맞아요 고양이 우유가 있어요 대답하고 성당의 흑표범들은 우유 같은 것은 안 먹을 것 같았다. 쥐를 잡아먹을 것 같았는데 그게 아니라 성당의 누군가가 챙겨주는 것이겠지.

최명환은 명절에는 깡통시장에서 일제 담배를 한 보루 사서 가끔 집에서 피웠다. 담배와 같이 산 UCC 커피를 마시며 책을 읽고 회색 털의 고양이를 생각하다가 고양이는 늘 재빨리 움직이고 여기저기 도망을 잘 가는데 방화 사건이 일어난 날은 어땠을까. 어디로 여기저기로 피해도 연기가 따라왔을까. 참 무섭고 이상하다고 얼마나 놀랐을까 생각하다가 예전에 누가 그에게 그런 말을 했었다. 자갈치시장의 고양이들은 진짜 통통해. 쥐를 잡지 시장 고양이들은. 쥐를 잡고 생선을 훔쳐먹거나 가끔 상인들에게 얻어먹는 진짜 크고 통통한 고양이들. 최명환은 고양이를 크게 호랑이처럼 키워 타고 다니고 집까지 타고 다니면…… 귀에서 맴도는 불안하게 뛰어다니는 구두굽 소리를 생각하다가 소리를 거의 내지 않고 다다다다닷 다니는 고양이를 생각했다. 오늘이나 내일 서울에 가기 전 최명환을 다시 만나게 되려나. 최명환을 만나게 되면 고양이 이야기를 일단 물어야겠다고 생각했다.

아무튼 오늘 마주친 고양이는 두 마리였는데 배가 흰 치즈 두 마리였다. 크고 매서운 눈빛을 하고 당당하게 걸어갔다. 자갈치시장에는 생생하고 싱싱한 비린 냄새 물냄새가 났고 횟집을 한참 지나고 곱창과 대창을 파는 가게들을 몇 개나 지났다. 팥이 든 떡에 팥죽을 먹어서인지 이상하게 힘이 솟았다. 단것은 힘을 준다. 자갈치시장에서 보수동까지 씩씩하게 걸었고 계단을 올라 중부교회로 갔다. 늘 멀리서 보고 지나쳤던 곳이었는데 오늘은 들어가보았다. 예배 시간이 아니어서 이층 예배실은 비어 있었다. 얼마 전에는 성당 두 곳을 갔다. 성당에는 스테인드글라스가 있고 햇빛은 스테인드글라스를 통과하여 여러 색의 그림자를 만든다. 성당에서는 오르간 소리가 들리고 성상이 있고 교회에는 밝고 흰 조명과 벽이 있다. 기도를 하고 싶다는 생각은 들지 않았고 죄를 고하고 싶다는 생각도 들지 않았고 누가 뭔가를 물어보면 그것은 이런 것이라고 부담 없이 말할 수 있을 것 같다는 생각은 들었다. 교회를 나와 언덕을 오르고 좀더 오르고 내리고 좀더 걷다 다시 보수동으로 돌아와 책을 구경했다. 일본에서 나온 오래된 뜨개질 책과 역시 일본에서 나온 평범한 옷을 어떻게 멋지게 입을 수 있는지 알려주는 책을 서서 넘겼다. 옷들이 예뻤고 모델들이 무척 예뻤고 나는 처음 보는 이 사람들이 이미 사라진 사람처럼 여겨져 순간적으로 무척 그리워졌다. 책장을 넘기다 문득 마지막으로 대화를 나눈 사람이 오늘 처음 만난 P씨라는 것이 생각났다. 만약 내가 어딘가로 사라져 예를 들어 망명을 하여 영영 한국으로 돌아오지 않는다면 나의 마지막을 P씨가 증언할 수도 있겠다는 생각이 들었다. 나의 일생을 증언하기에 P씨가 적합한 인물인가. 그는 나와 아파트에 대한 이야기만 나누었고 그는 나에 대해 아는 것이 없으며 나도 그에 대해 아는 것이 없다. 그러나 그는 내가 아파트를 어떻게 보았는지 아파트를 왜 파노라마로 구현하고자 했는지 말할 것이다. 그것으로 나라는 사람이 설명되고 이해되는 것에 아쉬운 마음도 들었지만 아파트를 파노라마로 구현하고자 하는 것이 나의 가장 중요한 점일지도 모른다.

집에 돌아와서는 접시를 닦아 쿠키와 함께 옆집에 돌려드렸다. 문을 연 사람은 나에게 떡을 준 사람이 아닌 오십대로 보이는 중년 여성이었다. 그는 나에게 무슨 말을 하려다 말고 언제 이사왔느냐는 말만 물었다. 나는 오전에 사온 빵을 커피와 먹다가 다시 『티보가의 사람들』을 폈다. 오전에 들었던 상담과 그에 대한 답, 술을 삼십 분 정도 걸어야 갈 수 있는 가게에 가서 산다고 마음을 먹고 집밖으로 나와서 걸으십시오. 술 생각만 나고 조급해져도 일단 걸으십시오.

책을 읽다 멈추고 오전에 P씨의 방에서 본 아파트 내부도를 떠올렸는데 아니 내부도를 떠올리지 않아도 자리에서 일어나 왼쪽 방을 오른쪽 화장실을 물을 끓이는 주방을 직접 가보면 될 것이다. 잠을 자는 방을 제외하고는 이사온 날과 크게 달라진 점이 없었다. 그런데 왼쪽 작은방에 무얼 둘 것인가. 한두 벌의 옷과 속옷 정도? 책과 화분 정도일까. 이곳에 두기에 가장 어울리는 물건은 잠옷인데 한 벌은 입고 있고 나머지 한 벌의 잠옷이 옷걸이에 걸려 있었다. 방으로는 해가 잘 들어왔고 햇빛은 테이블을 지나 옷걸이에 걸린 잠옷으로 나아갔다. 나는 햇빛이 들어오는 길에 누운 채로 얼굴을 손으로 가렸다. 바닥에 누우면 먼 곳의 소리들이 들렸는데 옆집의 찬송가 소리는 이제 들리지 않고 이곳은 비교적 차도와 가까웠지만 의외로 차가 지나는 소리는 크게 들리지 않았다. 아파트 안을 오가는 사람들도 많지 않았다. 모두 계단으로 오가기 때문에 같은 통로에서는 한 사람이라도 지나가면 발소리가 들렸는데 그 발소리도 자주 들리지는 않았다. 여객 터미널에 갔을 때는 배의 소리가 영화나 만화에서처럼 뚜우— 하고 크고 낮게 울리던 것이 기억이 났다. 기차역에서 열차를 탈 때는 방송 소리와 사람들 목소리가 크게 들렸고 그에 비해 의외로 열차 소리는 확연하게 큰 소리로 들리지는 않는다. 옛날 기차는 그렇지 않았는데, 옛날 기차들은 기차가 지나는 동안 사람들의 소리는 묻히고 귀가 먹먹해졌다. 그것은 열차의 종류 때문이겠지 생각하다가 미문화원에 불을 붙인 이들이 조사를 받던 곳이 부산역 인근이었던 것이 기억났다.

대공분실은 '내외문화사'라는 출판사 간판을 달고 있었다. 그곳은 출판사가 아니지만 출판사였어도 늘 기차 소리가 들리는 곳에서 어떻게 원고를 볼 수 있겠는가 하는 생각을 하다가 아무 집도 사무실도 건물도 가게도 없는 곳에 출판사가 있고 그곳이 정말로 출판사라면 출판사의 직원들은 다른 소리는 들리지 않기 때문에 기차 소리를 참을 수 있을지 모른다고 생각해보려 했지만 역시 그럴 리는 없었다. 내외문화사라는 그곳에서 부림 사건 관련자들과 미문화원 방화 사건 관련자들을 비롯한 부산 지역의 민주화 운동 관련 인사들이 조사를 받았다고 하는데 조사를 받았다는 것은 고문을 당했다는 뜻이 된다. 기차 소리는 고문을 하는 소리와 고문을 당하는 소리를 지운다.

여객 터미널로 향하며 부산역 인근을 걷고 또 걷다보면 거기에는 유람선이 보였고 정박된 요트가 보였고 항만공사가 있고 의외로 오피스텔, 원룸 건물과 함께 식당이 몇 군데 있었고 공장 건물을 개조한 카페가 있었다. 바다를 따라 걷고 또 걷고 초량역을 지나 부산진역을 지나고 오른쪽에 있는 바다를 바라보며 걷다보면 부산항으로 들어오는 미군 물자를 보관 운반 역할을 하는 미군 보급창이 나왔다. 이곳의 역사는 미문화원과 동일했다. 일제 수탈

기구로 만들고 미군이 이어받은 곳이었다. 그런데 지도에서 보면 영도를 사이에 둔 이 바다에 부두의 이름이 몇 개나 보였다. 부산항 제5부두 제8부두 실제로 걷는다면 버스를 탄다면 컨테이너 박스들이 오르고 내리고 서 있는 것을 보고 그런데 저 안에 무엇이 들어 있을까 컨테이너 박스는 너무 많고 끝없이 이어진다. 바다에는 많은 것들이 있고 많은 사람들이 있고 끝없이 이어지는 그것을 바다로 가 나는 실제로 볼 것이다.

여전히 바닥에 누운 채로 이 집에 뭐가 필요할지 생각해봤는데 일단 냄비와 프라이팬과 그릇일 것 같다. 짐을 늘리지 않는 선에서 음식을 만들 것들을 사와야겠다고 결정했고 옷을 입고 집을 나섰다. 롯데백화점에서 그릇과 냄비 프라이팬 주전자 구경을 하고 적당해 보이는 그릇이 세일중이어서 한 개만 샀다. 시장에서 양 손잡이가 달린 빨간 냄비를 샀고 숟가락 젓가락은 나무로 된 것 하나 쇠로 된 것 하나를 사고 주걱도 샀다. 돌아오는 길에 본 마트에서 쌀 일 킬로그램과 계란과 간장을 샀다. 다음에는 서울에서 가져와야지 생각하고, 부산으로 가는 가방에 쌀을 넣어오는 사람은 없겠지 생각했다. 김치도 가져와야겠는데 생각하며 집으로 돌아왔다. 냄비에 밥을 지었고 다 된 밥에 계란을 올려 전자레인지에 돌려 간장을 뿌려 먹었다. 그렇다면 세제와 수세미가 필요하다. 그리고 집에서 필요한 옷은 잠옷 위에 입을 후드 집업이다. 목을 덮어주면 왠지 좀더 안심이 되고 편한 마음으로 책을 읽고 뭔가를 쓸 수 있기 때문이다. 밥을 다 먹고 씻고 옷을 입고 나와 걷다 커피를 마셨다. 이제 높은 곳에 있는 바에 가서 술을 마실 것이다.

어두워지기 시작한 밤 언덕을 오르며 부산 리스본 리스본 부산 중얼거렸다. 얼마 전에 뉴스에서 계단이 길인 줄 알고 운전을 하다 사고가 났다는 음주 운전자 이야기를 보았다. 부산에서라면 가능할지도 모르겠네 생각했는데 실제로 부산에서 일어난 사고였다. 부산 리스본 부산 리스본 리스본 리스본 부산 리스본. 언덕을 오르니 춥지 않았고 흰 김이 어둠 속에서 피었다 사라졌다. 언덕의 집들을 보고 부모님은 북에서 왔습니다. 전쟁 때 다 살 곳이 없어서 산에다 집을 지어서 이렇지요라고 말하던 택시 운전사의 말이 떠올랐다. 문득 최선생의 차를 타고 이곳을 오르던 날이 떠오르고 그것은 한 달도 안 된 일이지만 재작년 봄처럼 여겨졌다. 봄이 되면 이곳에 벚꽃이 많이 핀다는 이야기를 들어서 그럴지도 모르겠다. 아무튼 봄이 되면 또 올 것이고 마음만 먹는다면 벚꽃을 오래오래 볼 수 있다. 바에 도착해 문을 열고 계단을 내려가니 나가려는 손님이 있어 중간에 다시 계단을 올라가야 했다. 그들은 나오자마자 담배를 피웠다. 어두운 곳에서 주인을 보니 약간 어색했고 그러나 그는 자연스럽게 인사를 하고 자리를 안내해주었다.

—걸어오셨어요?

—네. 아파트 지나서 왔는데 그 길이 좋더라고요.

—봄이 되면 벚꽃이 펴서 더 좋아요.
—그때 또 오려고요.

물을 마시고 이곳이 지하라는 것을 잠시 생각하고 무척 높은 곳에 있는 언덕의 지하를, 오르고 올라 도착한 곳이 건물의 지하라는 것을 생각하고 내년에 학위를 따는 것이 목표라는 P씨를 잠시 생각했다.

—좋은 시간에 오셨어요. 한 시간 뒤부터 오신다는 분들이 많거든요.
—아 그래요? 잘 맞춰서 왔네요.

알아서 세 잔을 달라고 주문을 하고 내 앞에 놓인 술에 대해 잠깐 설명을 듣고 음악을 들으며 어떻게 최선생을 알게 되었냐고 묻자 그는 웃으며 자주 오시는 손님이라고 말했다. 저도 손님이에요. 아 그렇죠. 바 주인과 나는 동시에 잠시 웃었다. 음악은 어울렸고 맛있는 술을 세 잔 이어서 마시고 누군가가 나갈 때 들어오는 손님이 있어 봤더니 최선생이었다. 우리는 눈으로 웃고 순간적으로 이미 서로를 이해해버린 눈빛을 나누었다. 무얼 알까 무얼 안다고 그런데 그 순간은 물을 물에 섞듯 모든 것이 자연스러웠다. 나는 그와 한 잔을 더 마시고 곧 또 보자고 말을 하고 나왔다.

최선생은 잠시 밖으로 나와 나를 배웅해주었다. 우리는 가볍게 포옹을 하고 손을 흔들었다. 외국 사람들 같았다. 흔들거리며 걷는 기분은 좋았고 우연인 것인지 옆집 사람은 매일 색소폰 연습을 하는 것인지 내가 내려가기 시작하는 동시에 색소폰 소리가 들렸다. 기분좋게 흔들거리며 그러나 삼십 초에 한 번씩 정신을 차리자 정신을 차리자라고 중얼거리며 웃으며 흔들흔들 걸었다. 등을 맞대고 있는 언덕의 집들과 불빛들을 그립고 반가운 마음으로 바라보았고 멀리 있지만 아주 멀지는 않은 곳에 있을 정겨운 바다를 생각했다. 흔들거리는 기분은 영원할 것 같고 멀지 않은 저 너머에 바다가 있고 바다의 냄새는 비린 듯 시원하고 나는 이곳에 있지만 어딘가로…… 순간 멀리서 들려오는 여자의 비명소리가 흔들거리는 어깨를 붙잡고 그 소리는 흔들흔들 걷고 있는 것이 착각이라고 그 기분은 큰 착각이라고 내게 말한다. 가만히 멈춰 주위를 살피고 소리는 더이상 들리지 않고 순간 술이 깨고 빠른 걸음으로 걸어서 큰길까지 내려가며 그 소리는 무엇이었을까 너는 그 소리가 무슨 소리인지 알고 있지라는 목소리와 아니야 꼭 그렇지만은 않을 거야라는 목소리가 빠르게 오간다.

큰길로 내려오니 이미 술은 다 깼고 나는 바나나우유를 사 마시며 숨을 골랐다. 누군가 나를 쫓아오는 것 같아 여러 번 뒤를 돌아보았다. 집 앞 마트의 환한 불빛이 보이자 조금 차분해졌고 그대로 마트로 들어가 식용유와 라면과 김치와 참치 캔을 샀다. 마트를 나오자 치즈 고양이 다섯 마리가 공사장 여기저기를 오르락내리락하고 있었고 이들이 가족임을 누구도 부정할 수 없을 것이다. 서로 닮았고 크고 작았다. 씻고 누웠을 때 내일은 부산타워에 올라야지 생각했고 부산타워 꼭대기 층 아니 모든 타워의 꼭대기 층 그러니까 전망대는 파노라마에 가까운 것 아닌가 생각하며 잠이 들었다.

아침 일찍 눈이 떠졌다. 서울로 갈 짐을 싸고 버릴 쓰레기를 내놓고 씻고 나와 잠시 쉬다 볶음밥을 만들었다. 아침을 먹으며 그간 부산에서 많은 것을 먹었다는 생각 나와 최선생은 둥근 테이블에 함께 있고 우리 앞으로 많은 음식들이 놓이고 또 놓이는 것이 어느 날인가 우연히 눈앞에 영상처럼 보였다 사라졌던 것을 생각했다. 김치볶음밥은 맛있고 머리에선 기름냄새가 났다. 설거지를 하고 씻고 커피를 마시며 책을 읽었다. 부산타워에는 야경을 보러 가는 사람들이 많겠지 그렇다면 이른 시간에 가는 것이 낫겠다는 생각이 들었다.

이른아침 공기는 상쾌했고 어젯밤 나는 술을 마시러 언덕을 올랐고 입에서 나온 하얀 김을 보았는데 아침에는 언덕을 내려가며 입에서 나오는 김을 보고 있다. 오전부터 용두산공원으로 향하는 사람은 드물었고 공원에 도착하자 근처를 산책하는 사람들 조깅을 하는 사람들이 보였지만 몇 명 되지는 않았다. 밤에는 야경을 보러 타워로 향하는 사람들이 꽤 많았고 주말에는 줄을 서야 할 정도였는데 오전에 오니 아무도 없었다. 나는 티켓을 사서 타워의 전망대로 올라가는 엘리베이터를 탔다. 빠른 속도로 지상과 멀어지며 부산의 바다는 햇빛에 반짝이고 아파트와 건물들 오른쪽으로 고개를 돌리면 대교가 보였다. 나는 이 엘리베이터를 열 번쯤 오르내리고 싶었다. 점점 멀어지는 건물들과 점점 넓어지는 전망들을 반복해서 보고 싶었다.

전망대에 도착하자 아무도 없었고 직원들만이 자리를 지키고 있었다. 나는 커피를 주문하고 창가를 바라보았다. 82년 미문화원 방화 사건이 벌어진 날 기사 사진에는 연기에 휩싸인 미문화원 뒤로 부산타워가 보인다. 부산타워에서도 미문화원이 보이는데 이곳에서 망원경으로 미문화원을 바라보는 사람이 있었다면 누가 오가고 무슨 일이 안에서 벌어졌는지 알 수 있을까 생각하다가 그것이 중요한가 커피가 나와서 커피를 받아 왔다. 창가에 앉아 커피를 마시며 건물들을 내려다보았다. 높은 곳에서 추적하듯 그곳을 살피는 것으로 무언가를 알아내는 것은 전혀 중요한 문제가 아니다. 나는 누군가 그곳에 서서 무엇을 보는지 무엇이 보이는지 하는 문제가 더 중요하다고 생각하다가 아니 그것도 아니지 않은가 생각하다가 그런데 연기에 휩싸인 미문화원과 그 뒤의 부산타워가 찍힌 사진을 신문에서든 어디서든 본 사람들은 매일같이 지나다니던 혹은 용두산공원 근처의 미문화원이 불에 탔고 학생들이 그곳에 불을 질렀고 연기에 휩싸였고…… 그러한 것들을 나와는 다른 생생함으로 받아들일 것이다.

P씨에게, 그럼 건축가가 되시는 건가요? 건축가가 되시는 것이 장래 이루어져야 할 그런 골, 목표 이런 것인가요? 물었을 때 그는 그렇긴 한데 외국에서 공부를 좀더 하고 싶다고 말했고 뛰어난 사람들과 같이 일하고 싶다고 했다. 그는 부산에서 가장 좋아하는 건물로 부산타워와 해운대에 새로 생긴 미술관과 예술대학교 공연장과 미문화원을 꼽았었다. 그들이 각각 어떤 공통점을 가지는지는 아직 알 수 없었다. P씨와 나눈 대화를 생각하니 부산의 전경이 삼백육십 도로 육박해오는 장소에 서 있었지만 내가 사는 아파트 층계에 서서 토요코인 건물을 보고 있는 기분이 순간 들다 말았다.

—토요코인을 보고 계신 건가요?

—네.

—왜 보고 계세요?

—글쎄요. 여기 서서 보면 혼자 다르게 보이고 왜 혼자 다르게 보일까 어떻게 그렇게 되었을까 생각하는 것이 좋아서요.

나는 여기서도 토요코인이 보이는지 서서히 걷다보면 한 바퀴를 돌 수 있겠지 생각하며 창을 따라 걷기 시작했다. 걷다보니 내가 무얼 보려 했는지 잊은 채, 눈에 들어오는 것을 집중해서 보다가 그러고는 멍하게 보다가 앉아서 남은 커피를 마시다 또 걷고 처음 보는 건물들 그리고 그곳에는 누군가 들어갈 것이다 그는 아마도 나와 만날 수 없을 것이다. 나는 나와 비슷하고 나와 많은 것을 공유하지만 결코 만날 수 없는 나와 비슷한 사람들을 생각했다. 그들은 내가 발길을 돌릴 때 건물에서 나와 나와 반대 방향으로 걸어갈 것이다. 그런 생각을 하며 천천히 등을 맞대고 있는 건물들을 보다가 바다와 정박해 있는 배들을 보다가 타워를 내려왔다. 토요코인은 찾지 못했는데 토요코인은 원래 어디에나 있으므로 그 자리에 그대로 있을 것이다.

타워에서 내려와 팔각정에서 잠시 쉬다 집으로 향했다. 집에 거의 다 도착했을 때 아파트에서 내려오고 있는 P씨를 마주쳤다. 부산타워를 보고 왔다고 말했더니 어? 보통 야경을 보러 가지 않나요? 그런데 이 시간에 가는 게 더 좋죠. 내려오는 P씨와 함께 계단을 내려갔다. P씨와 함께 점심으로 석기시대에서 오향장육을 먹었다. 춥지 않은 날이었고 점심에 어울리는 메뉴 같기도 하고 아닌 것 같기도 했다. 그러고 보니 내일부터는 출근이라는 것이 떠오르고 다음번에 왜 부산타워가 좋은지 설명해주세요라고 말하려다 문득 다음번은 언제일까. 앞으로의 모든 일을 정해진 것처럼 생각하고 그대로 따르고 싶어졌다. 그런데 정말로 그렇게 해야 한다. 그러지 않으면 다음을 생각하는 일에 몸과 마음을 뺏길 것이다. 다음은 정해졌고 나는 다음에 익숙해져 있으며 그것을 그대로 따른다.

—정신을 차리세요.

—네. 그래야죠.

—왜 멍하게 계세요?

—조금 피곤한가봐요. 모르겠어요.

나는 목욕탕 이야기를 했다. P씨는 한 번도 아파트 안에 있는 목욕탕에 가본 적이 없다고 했고 그는 일 년에 두어 번 온천장에 있는 목욕탕에 간다고 말했다. 어제 바에 가는 길에 목욕탕 굴뚝을 봤던 것이 떠올랐고 다음에는 거기에 가자. 그렇게 정하고 따르자. 오향장육은 작은 것을 시켜도 혼자 시키면 남기는데 같은 것을 둘이서 먹으면 다 먹는다는 사실이 가게를 나설 때 새삼스럽게 느껴졌다. 언덕길에서 손을 흔들고 나는 집으로 돌아와, 덜 읽은 책들을 가방에 챙기고 그러나 『티보가의 사람들』은 테이블 위에 두었다. 청소를 좀더 하고 쉬다가 기차역으로 향했다. 연휴는 어제로 끝났지만 역 안은 붐볐고 사람들은 짐을 들고 여기저기로 실려가기를 기다리고 있었다. 다들 웃는 표정으로 보이고 모두 집으로 돌아가는 것은 아니지만 어디로 돌아간다는 것은 웃게 되는 일인가봐 생각하며 나 역시 어서 서울로 실려가게 되기를 기다리고 있었다.

열아홉 시간을 달린 열차

김은숙이 80년 5월 광주 학살에 관해 자세히 알게 된 것은 80년 12월 기독교 장로회 청년 총회 후 진행된 토론회를 통해서였다고 한다. 그 이전에도 얼핏 광주에 관한 이야기를 듣기는 하였지만 그 전까지는 그 사실이 믿기지 않았으나, 청년 총회를 통해 광주에 관한 생생한 소식을 듣게 된 것이다.* 방화를 제안한 것은 주동자로 이후 사형을 선고받게 되는 문부식으로, 그는 김은숙과 함께 80년 12월 광주 학살에 대해 상세히 알게 되고 이후 82년 2월 말 처음으로 김은숙에게 방화를 언급한다. 그가 81년의 일 년간을 어떻게 보냈을지 생각했다.** 김은숙은 그 시기 문부식은 평소와는 다르

* 김은숙, 『불타는 미국』, 아가페, 1988, 34쪽 참조.

** 같은 책, 37쪽 참조.

게 농담을 거의 하지 않았다고 말했다. 80년 5월 17일부터 27일까지 광주의 상황은 80년 6월 천주교 광주대교구 사제단이 '광주 사태의 진상'이라는 제목으로 정리하였다. 사람들은 자신이 본 것을 숨을 죽이고 전한다. 글로 목소리로 전달된 그것을 다른 지역의 사람들은 이후 서서히 알게 되고 각자의 방식으로 이해하게 된다. 80년 6월의 80년 7월의 80년 8월의 80년 12월의 81년의 82년의 광주는 어떤 곳인가. 그때 광주의 공기와 냄새는 어떠했는가.

기차를 타면 빠르게 바깥 풍경은 지나가고 나는 어딘가로 가고 있고 빠르게 어딘가로 실려가고 향해 가고 있음을 몸으로 익히게 된다. 나는 시간을 2000년의 1999년의 1995년의 1994년과 93년 92년의 1990년의 1989년의 광주를 천천히 되짚어보려고 하지만 83년의 82년의 광주는 80년 12월의 80년 11월의 광주는 어떤 곳이었는지. 80년 5월 27일 이후 사람들이 거리로 나와 물을 뿌리고 청소를 하던 모습을 담은 사진을 본 적이 있다. 빗자루를 들고 나서면 피가 거리에 흐를 것이다. 그 냄새와 공기와 광경을 모르고 모르고 모른다. 사람들은 청소를 하고 또 하고 거리는 서서히 이전과 같은 모습으로 돌아가지만. 많은 사람들은 학교로 돌아가고 회사로 돌아가지만 모든 것이 제자리로 돌아간다면 제자리로 돌아갈 수 없는 것들이 제자리로 돌아간다면 80년 6월은 80년 4월과 같은 곳인가 가망 없고 백치 같은 생각을 하고 사람들은 시체를 찾으러 다니고 조사를 받고 끌려가고 빈 옆자리를 보고 어디

있는지 알 수 없는 친구들을 찾아다니고 어디 있는지 알 수 있는 사람들은 제자리에 앉아 있는 사람들은 자신들이 본 것들을 떠올리지 않으려 해도 떠오르고 시간은 흐를 리 없고 흐르지 않는 시간은 그런데 어떤 식으로든 흐르고 80년 6월이 80년 7월이 8월이 81년이 82년이 그런 식으로 그러니까 어떤 식으로든 흐를 수밖에 없기 때문에 흐르고 있다는 생각을 했다. 81년의 82년의 시간이 광주에서 흐르고 있다는 사실이 80년 5월 이후에도 시간은 흐르고 사람들은 살아 있다는 사실이 동시에 시간은 흐르고 사람들은 이미 죽었다는 사실이 부산 미문화원에 불을 붙인 이들을 참을 수 없게 하였을 것이라고 짐작하면서 동시에 이 역시 착각일 수 있음을 생각하면서 창밖을 보면 열차는 목적지가 없고 열차는 끝없이 달릴 것 같고 끝없이가 과장이라면 열아홉 시간쯤 달릴 것 같다. 시간이 흐르는 것처럼 달릴 것 같다.

나는 이전에 광주 전남 지역의 미술인들이 80년 겨울, '2000년을 위한 파티'를 열었다는 글을 읽은 적이 있다. 2000년은 미래이고 무엇보다 뚜렷한 미래여야 하고 80년 겨울, 2000년의 미래를 스스로 익히고 삼켜내지 않으면 살아갈 힘이 없을지 모른다. 2000년은 광주의 진실이 알려진 미래이며 민주적인 미래이다. 서울의 부산의 대구의 대전의 제주도의 사람들은 80년 광주에서 어떤 일이 일어났는지 알고 있다. 누가 그 일을 지시했는지 알고 있고 그들은 법의 심판을 받았다. 2000년은 그러한 미래이며 우리는 파티를 여는 동안 그러한 미래를 살고 있다. "광주 전남 미술인 공동체는 다른 예술가들과 한데 모여 1980년 11월에 '2000년을 위한 파티'를 열었다. 낙관적으로 독재 종식 이후의 시간과 공간을 불러낸 첫 전시회의 모든 창작품들은 군부에 몰수당했다. 화랑을 구할 수 없자 그들은 '예술의 건강성'을 위해 강둑으로 이동해 5·18 희생자들의 고통과 고난을 덜어주려고 했다. 그들은 선언했다. '인간 존엄을 회복하기 위해 예술가들은 먼저 자기 자신에 대해 숙고해야 하고 시대의 모순을 야기하는 사회의 부조리에 확고하게 대면해야 한다. 따라서 우리 예술가들은 이 시대의 양심에 기반해 인간 존엄을 향상시키는 데 우리 자신을 바칠 것임을 선언한다.' 1980년 서울에서 민중미술은 미술 동인 '현실과 발언'의 전시를 위해 최초로 화랑 공간을 마련했다. 정부는 즉각 전시 공간을 폐쇄했다."* 2000년의 대통령은 김대중 대통령입니다. 그것은 2000년을 위한 파티에서 오갔던 이야기 같기도 하고 실제의 김대중 대통령이 2000년의 대통령이었다는 것이 뚜렷한 사실 같기도 하고 누군가 살아내어 가져온 다른 세계의 믿음 같기도 하다. 2000년의 대통령은 김대중 대통령이었고 그는 98년 선거를 통해 대통령에 취임을 하였습니다. 그게 너무 늦은 것 아닌가요? 김대중 선생님은 또 그렇게 선거에서 떨어집니까? 그게 그

* 조지 카치아피카스, 『한국의 민중봉기』, 원영수 옮김, 오월의봄, 2015, 400쪽.

전의 97년 대통령은 김영삼 대통령인데 그때 IMF 외환위기가 왔고 그 몇 년 전인 94년도에는 북한의 김일성 주석이 죽었는데요. 무척 더웠습니다. 사람들은 엄청난 무더위와 김일성 주석의 죽음을 함께 기억합니다. 93년 8월에는 대전 엑스포가 개최되었고 같은 시기 합수 윤한봉은 귀국하였는데 귀국을 어디서 귀국을 한단 말입니까. 93년에야 윤한봉에 대한 수배가 해제되었고 그는 미국에서 귀국을 합니다. 합수 윤한봉은 5·18 관련 최후의 수배자였습니다. 92년 서태지와 아이들이라는 사람들이 데뷔하였는데 그 전해인 91년 강경대가 죽었고 많은 학생들이 죽었고 그리고 91년은 소비에트연방이 해체된 해입니다. 어쩌면 그런 이야기들은 파티에서 할 필요가 없을 것이다. 나는 다른 것을 모르는 것처럼 2000년을 위한 파티도 모르고 짐작할 수도 없다.

2000년은 광주의 진실이 알려진 미래이며 민주적인 미래이다. 서울의 부산의 대구의 대전의 제주도의 사람들은 미국의 소련의 중국의 일본의 독일의 프랑스의 영국의 이탈리아의 베트남의 쿠바의 사람들은 80년 광주에서 어떤 일이 일어났는지 알고 있다. 누가 그 일을 지시했는지 알고 있고 누가 광주 시민을 죽였는지 알고 있다. 그들은 모두 법과 사회와 인간의 심판을 받았다. 2000년은 그러한 미래이며 우리는 파티를 여는 동안 그러한 미래를 살고 있다.

서울에 도착해서 열차에서 내렸을 때 사람들은 모두 짐을 가득 짊어진 채 위로 위로 올라가고 있었다. 나는 혼자 살고 있는 집에 누군가 기다리고 있다면, 예를 들어 P씨 같은 사람이 부산에 다녀왔어? 라고 묻는다면. 실제의 P씨는 부산에 살고 있지만 서울에 살고 있다고 생각하면. 나는 짐을 풀고 어묵을 사왔어 부산에서 빵을 사왔어 먹어봐 먹어봐 할 것이다. 그러면 두 사람은 빵을 맛있게 먹는다. 나는 짐을 풀고 옆에 누가 있는 것처럼 속으로 먹어봐 먹어봐 하면서 집 앞 편의점에서 사온 우유와 함께 팥이 든 도넛을 먹었다. 맛있었다. 빵은 맛있고 맛있는 빵은 정말 맛있다. 씻고 책을 보다 침대에 누웠을 때 세상에 내일 출근이라니 부산의 당신은 멍한 얼굴로 마치 세상 끝까지 걸을 사람처럼 흔들거리며 길을 걷고 또 걸었지만 내일부터 의자에 앉아 주어진 일을 보통으로 나쁘지 않게 해내기 위해 많은 힘을 쏟습니다. 그렇지 그렇지 생각할 겨를도 없이 잠이 들었고 다음날은 정신없이 일어나 출근을 했다.

금요일 오후 퇴근을 한 후에는 창신동에 갔다. 동묘시장에서 동태탕을 먹고 창신동의 골목들을 걸었다. 이곳의 집들은 부산 중구처럼 골목을 따라 등을 맞대고 이어져 있었다. 서울의 모든 거리는 재개발이 된 것 같은데 어느 골목에 이르면 수십 년의 시간을 때로는 백 년 이상의 시간을 가로지르는 느낌이 든다. 아니 가로지른다기보다 시간은 오래된 골목과 담 아래에 바람처럼 머물다 다시 갈 곳을 가는 느낌이다. 그러다가도…… 그러나 나는 90년대의 80년대의 그 이전의 서울은 알 수 없으니 이곳에서 흐르는 시간대를 그런 식으로 짐작만 할 뿐이다. 김은숙은 피복 노동자들의 자녀들을 위한 학교에서 일했다. 동대문은 정신이 없고 관광객들이 많이 오가는 곳 같지만 근방을 천천히 걷다보면 한 블록 차이로 조명이 환한 상가를 지나면 아무것도 없는 가로등조차 없는 어두운 골목이 등장했다. 등장한 것은 아니고 그것은 그것대로 있었을 뿐이지만 말이다. 김은숙이 일했다는 곳을 지날 때 이미 어두워진 골목에는 아무도 없었고 학교의 문은 닫혀 있고 고개를 들었을 때는 '짐을 진 자들아 이리로 오라'라는 교회의 팻말이 보였다. 나는 요즘 자주 교회로 성당으로 간다. 가진 짐 없으나 없는 채로 앉아 눈을 감고 기도 소리를 듣는다. 눈을 뜨면 어떤 사람들은 이미 떠났고 어떤 이들은 아직도 기도를 하고 있었다. 나는 가진 짐이 괴롭다면 성당에 갈 것이고 교회에 갈 것이다. 가서 일단 앉아서 눈을 감고 울 것이다. 그리고 졸리면 잠이 들 것이고 기도를 하고 싶으면 기도를 할 것이다. 그러면 누군가 옆에서 나를 위해 기도를 해줄 것이고 해주지 않는다면 해달라고 할 것이다. 그럴 때 누가 기도를 해주고 그러면 나는 좋으면서도 얼른 문을 열고 나가고 싶을 것 같다.

골목은 어두웠으나 무섭지는 않았고 낮은 집들은 단정하고 오래되었다. 서울이 어떤 곳인지 나는 골목을 따라 오래도록 걸을 수 있을 것 같고 걷고 또 걸으면 길가의 고양이가 나를 흘깃 쳐다보고 지나갔다. 어깨에 힘을 빼고 가볍게 걸으시오 이 멍청하고 굼뜬데다가 털이 없는 큰 고양이여. 고양이는 집과 집 사이 좁은 통로라고도 말할 수 없는 좁은 공간으로 지나갔다.

—

울산으로 이사간 이후, 윤미 언니를 같이 살 때처럼 자주 보지는 못했다. 울산은 이전에 살던 곳인데도 아니 누군가 수미에게 고향을 물으면 울산이라고 답해왔는데도 한동안 적응이 되지 않아 부산으로 돌아가고 싶다는 생각을 자주 했다. 수미는 정승의 편지를 늘 기다렸고 방학 때 부산에 들를 때면 매일 정승과 도서관에서 때로는 보수동에서 남포동에서 만났다. 두 사람은 공부를 하다 매점에 갔고 주말에는 남포동을 돌아다니며 이것저것 새로 나온 것들을 구경했다. 보수동에 헌 문제집을 사러 가서 헌책을 구경하기도 했고 책을 사고 나와서는 제과점에서 빵을 사 먹었다. 제과점에서 빵과 우유를 먹을 때 잠깐 몇 년 전의 광주가 떠오르기도 했다. 숙자 아줌마의 두껍고 주름진 손과 수미를 보며 짖던 옆집의 개와 도청을 향해 걷던 길과 분수대, 인쇄소 부근의 집들. 조윤미와 조윤미를 잠시 생각했다.

윤미 언니는 함께 성당을 다니던 사람과 결혼을 하였는데 수미는 고3 중간고사 기간이라 갈 수 없었다. 엄마가 윤미 언니는 드레스가 아니라 흰색 한복을 입고 결혼했다고 알려주었다. 축가로

장구를 치면서 노래를 부르는 사람들이 왔다고 했다. 수미는 역시 언니는 평범한 결혼식은 아니었구나 나는 드레스가 좋아 예쁜 것으로 골라서 드레스를 입고 할 거야라고 생각하다 시험 스트레스에 결혼이든 뭐든 시험만 끝나면 못할 것이 없을 것 같았다. 결혼을 하고 언니는 공부방을 운영하고 과외를 하면서 돈을 어느 정도는 벌고 있다고 들었다. 수미는 서울에서 대학을 다니다 명절 때 언니를 본 적이 있었는데 두 사람은 오랜만에 만났지만 어른스럽고 자연스럽게 서로의 안부를 물었다.

—잘 지내? 공부 잘한다며?
—대학생인데요 뭘. 언니도 잘 지내고 계신다면서요?

언니는 방학 때 부산에 오면 공부방 일 좀 도와달라고 하였다. 수미는 좋다고 말했다. 정승은 대학에 가지 않고 재수를 하며 학원을 다니다 부모님의 이혼으로 엄마를 따라 도쿄로 갔다. 이번에는 정승이 수미에게 편지를 자주 보내왔다. 대학은 2학년을 마치고 일 년 휴학을 했다. 아르바이트로 돈을 모아 정승을 만나러 도쿄에 갔는데 모든 것이 굉장했고 엄청나 보였고 모든 것이 수미에게는 비쌌다. 너무나 비싸서 자주 걸었고 그런데도 즐거웠다. 두 사람은 웃고 신났고 뛰어다녔다. 정승은 대학에 다니며 아르바이트를 한다고 했고 교내 연극 서클에서 활동한다고 하였다.

늘 먼 곳에 가고 싶었고 일단 먼 곳인 서울로 왔지만 더욱더 먼 곳으로 가고 싶다고 생각했다. 배를 타고 먼 곳으로 갈 것이라고 했던 그 선명했던 마음과 의지가 가끔 수미를 찾아왔고 수미는 그렇게 말하는 중학생 수미의 어깨를 껴안다가도 가끔 딴 곳을 바라보았다. 정승은 사실 처음에는 부산으로 돌아가고 싶어서 매일 울었다고 말했고 수미는 길 한복판에서 정승을 안아주었다. 수미가 한국으로 돌아가는 날 정승과 꼭 도쿄에서 다시 만나자고 약속을 했다. 서울로 돌아와서는 아르바이트를 하며 일본어와 영어를 공부했다. 엄마는 일본어는 윤미 언니가 잘한다고 하였다. 옛날에 책들은 다 일본어로 봤잖아. 그러고 보면 나이 많은 과 선배들 중에도 일본어를 잘하는 사람들이 있었다. 그즈음에는 부산 할머니 댁에서 지내며 엄마가 소개해준 과외를 했고 한 달이 지나자 학생이 갑자기 늘어 바쁜 나날이었다. 중간에 배를 타고 오사카에 가기도 했다. 정승이 신칸센을 타고 수미를 만나러 왔고 아니 우리 도쿄에서 만나기로 했잖아! 라고 웃으며 껴안았다. 정승이 예약한 오래된 호텔에서 닷새 동안 묵으며 교토와 고베도 여행했다. 첫날에는 오사카 여기저기를 둘러보고 호텔 근처에서 술을 잔뜩 마시고 호텔에서 토하고 또 토한 후 잠이 들었다. 여행의 둘째 날 아침 숙취로 괴로운 표정으로 누워 있는 두 사람. 대충 씻고 잠이 든 두 사람은 예정보다 늦게 잠에서 깼다. 잠에서 깬 정승이 수미를 보며 갑자기, 그런데 너희 이모는 어떻게 되었는데? 하고 물었다.

—나도 자주 못 만났다. 너를 더 자주 본 것 같은데?

—아니 너 만나러 간다고 하니까 엄마가 갑자기 물어보는 거야. 그 이모는 어떻게 지내냐고. 나 그때 너한테 말하고 나서 많이 미안했는데 말을 못했네.

—뭐가?

—그게 흉인 것처럼 말했잖아.

—안 그랬는데? 모르겠네. 흉이라고 볼 수도 있는 거 아닌가. 그런 거 같다.

—모르겠다. 아무튼 그러고 나서 미안했다 계속. 엄마도 그걸 막 잘못이라고 말한 건 아니었거든.

—그때 너가 나 커피 두 번이나 사줬잖아.

—그걸 기억해?

수미는 정승을 껴안으며 기억해! 기억해! 라고 말했다. 왠지 이 호텔은 기억하게 될 것 같다고 생각했다. 두 사람은 호텔의 흰 가운을 입고 흰 이불을 덮고 전날 술을 마셔 숙취로 간신히 눈을 뜨고 일어나 물을 한 잔 마시고 정승은 프런트에 전화해 일본어로 무언가를 말했고 뭐 달라고 한 거야? 물으니 응, 전화하면 빵을 갖다준대. 조금 있으니 어젯밤 프런트에서 열쇠를 건네주던 유니폼을 입고 있던 할아버지가 커피와 빵과 삶은 계란을 두 개씩 가져다주었다. 술 마시고 나서 이런 거 먹고 싶지 않다고 말했지만 텔레비전을 보며 뒹굴며 남기지 않고 모두 다 먹었다. 수미는 새삼 윤미 언니에 관해서는 시간이 한참 지나 질문을 받아도 긴장을 하게 되는구나 싶어졌고 수미에게 이모가 수상한 행동을 할 시 즉각 보고하라고 했던 담임은 수미와 정승이 대학을 들어가던 해 교통사고로 죽었다는 것이 기억나 정승에게 말했다. 그 이야기는 엄마에게 들었는데 그가 죽었을 때 나이가 마흔이 되지 않았다는 것이 기억이 났고 주변에서는 무척 젊은 나이에 죽었다고 이야기했지만 아직 마흔이라는 나이가 실감이 나지 않았다. 이정숙 선생님은 아직 결혼을 하지 않았다고 했고 매일 술에 취한 얼굴로 수업을 하던 체육 선생님은 술에 취한 채로 학생들을 체벌하다 그 안에 국회의원의 딸이 있어 잘렸다고 했었나. 수미와 정승은 그런 식으로 기억나는 사람들에 대한 이야기를 이어갔고 그렇게 오전 내내 침대 위에서 쉬다 간신히 씻고 옷을 입고 호텔을 나왔다. 우메다 근처를 돌아다녔고 교토는 내일 가자 말하며 아무것도 안 해도 신나서 함께 이곳저곳을 다녔다. 서로 사진을 여러 장 찍어주었고 지나가는 사람들에게 부탁을 하여 함께 사진을 찍기도 했다. 시간이 지나 사진을 현상하였을 때 중학교 때와는 다르게 자신은 한국 사람 같고 정승은 일본 사람 같아 보였던 것이 기억났다. 호텔 침대의 흰 시트와 흰 가운과 하얗게 부은 얼굴들이 흰 팔과 흰 다리가 흰 삶은 계란이 떠오르고 그것과 함께 수미는 윤미 언니가 어떻게 사는지 들었으면서도 왠지 한 번에 대답이 안 나와 애매하게 답을 했던 것이 떠오르고.

그해 줄곧 부산에서 지내면서도 수미는 왜 윤미 언니와 만나지 않았는지 이유는 기억나지 않았다. 언니가 이미 어렵고 불편해진 친척 어른처럼 여겨졌던 것도 같고 과외를 많이 하느라 정신없이 바빴기 때문인 것도 같고 언니가 결혼해 사는 곳이 멀어서였던 것도 같다. 수미는 바쁘게 과외를 하며 돈을 많이 벌었고 아침 일찍 일본어 학원을 다녔고 집에서는 시간을 쪼개 영어 공부를 하였다. 다음해에 독일로 교환학생을 다녀왔고 복학하고 남은 학기를 정신없이 다니다 졸업을 했다. 일자리는 구하기 어려웠고 서울의 한 문화재단에 어렵게 취직을 해서 일을 시작했다. 수미는 일을 하면서도 대학 때 과외를 하던 아이들을 주말에 만나 수업을 하였고 대학원에 다니던 남자친구와는 얼마 못 가 헤어졌다. 문화재단에서 오 년간 일을 하는 동안 정승은 같은 대학에 다니던 서클 친구와 결혼을 했고 수미는 정승의 유일한 한국에서의 친구로 결혼식에 참석을 했다. 정승은 드레스를 여러 번 갈아입고 피로연에 나왔다. 둥근 테이블에는 미리 수미의 이름이 쓰여 있는 이름표가 붙어 있었고 정승의 부탁으로 두 사람의 중학교 생활을 일어나서 이야기를 했다. 정승의 대학 친구인 한국인 동창이 수미의 이야기를 통역해주었다. 결혼을 한 이듬해 정승은 딸을 낳았고 수미가 일을 그만두던 해 정승은 이혼을 했다. 두 사람은 이제 편지가 아니라 이메일을 자주 주고받게 되었다. 직장과 과외에서 모은 돈으로 도쿄에 있는 대학원 석사과정에 지원하여 합격하였고 그렇게 수미는 유학생활을 시작하였다. 학교를 다니며 일주일에 두 번씩 한국어 학원에서 수업을 했고 중국 음식점에서 서빙을 했다. 일을 하며 아이를 기르는 정승과 일을 하며 유학을 하던 수미는 서로 시간을 내기가 힘들었지만 그래도 두어 달에 한 번씩은 꼭 만났다. 무섭고 괴롭고 어떻게 해야 할지 모를 날들이 이어졌는데 그래도 시간은 흘렀고 그럼에도 즐거운 날들이 있었다. 도무지 막판에 어떻게 보냈는지 기억이 안 나는 기간을 거쳐 논문을 제출할 수 있었고 무사히 석사과정을 마쳤다. 이후 한국 기업의 일본 지사에서 근무를 시작했고 그렇게 정신없이 일을 하고 있을 때 어느 날 윤미 언니에게서 연락이 왔다. 언니는 도쿄에 온다고 하였다. 언니를 대신해 호텔을 예약하고 두 사람은 호텔 로비에서 만나기로 약속을 하였다.

타워에서

2월 말 부산으로 향하면서 다음번은 벚꽃 개화일에 맞춰서 와야겠다고 생각했다. 부산역에 내리자마자 포근했고 아직 겨울 같은 서울 날씨와 비교하면 이미 봄이 온 느낌이었다. 그럼에도 바닷바람은 힘이 셌고 가볍게 머리를 흩뜨리고 지나갔고 스카프를 다시 고쳐 매게 했다. 포근하지만 불어오는 바닷바람을 느끼며 집으로 향했고 부산에 올 때마다 느끼는 것 끝없이 걸을 수 있을 것 같은 느낌에 집을 지나치고 좀더 걷다 밖에서 커피를 마시고 집으로 들어갔다. 집에서 따로 챙겨 온 마른멸치와 고춧가루를 찬장에 넣었다. 나중에 마트에서 필요한 것들을 몇 가지 더 사야겠다고 생각했다.

그사이 학회 발표가 있다고 서울에 온 P씨를 만난 적이 있었는데 서울에서 만나니 아니 아파트가 아닌 곳에서 만나니 어색하네요. 웃으며 조금 어색하게 이야기를 시작했지만 시간이 지나자 곧 대화는 편안해졌다. 시간이 남아 함께 명동 한국은행 근처를 걸으며 변하지 않을 것 같은 풍경에 대해 이야기하였다.

—저는 이 근방은 거의 변하지 않은 것 같은 느낌이에요.

—아닐걸요. 저기 봐요. 저건 제가 작년에 서울에 왔을 때는 없던 것인데요. 근데 그전에 여기 이 오래된 건물이 있었거든요.

P씨는 휴대폰에서 사진을 한참 넘기더니 사진을 몇 장 보여주었다. 부산과 비교하면 정말 춥다는 이야기를 하며 일어나 걸었다. 커피를 마시며 곧 또 부산에 간다고 말했고 우리는 부산에서 우리가 사는 아파트에서 만나기로 약속하였다. 말하면서도 우스운 약속이라 조금 웃었다.

집에서 세탁을 해서 가져온 잠옷을 옷걸이에 걸었고 코트를 벗지도 않고 스카프도 풀지 않은 채로 이불 위에 누워보았다. 오늘은 쓰던 글을 이어서 쓰고 내일 저녁은 최선생과 함께 먹기로 하였다. 최선생은 이전에 P씨 이야기를 듣고 다음에는 같이 식사를 하자고 하였는데 그와 비슷하게 P씨도 최선생 이야기를 듣고 궁금하다고 하였으니 이번에 만나보아도 괜찮지 않을까 싶었다. 이불은 여전히 차갑고 일어나 보일러를 켜고 코트를 걸어두고 편한 옷으로 갈아입고 티보가의 사람들은 여전히 테이블 위에서 나를 기다리고 있었다. 그는 나의 친구이고 나에게는 그런 친구가 몇 있었다. 가방에서 노트북을 꺼내 테이블 위에 두고 플러그를 꽂았다. 이어서 서울에서 챙겨 온 몇 권의 책을 테이블 위에 두었고 가방에서 귤 다섯 개를 마저 꺼내 올려두었다. 창문을 열어 환기를 시키는데 춥지만 먼 곳에서 봄이 오고 있다고 춥지만 포근하다고 생각했다. 부산역에 도착하자마자 느꼈던 것을 다시 한번 떠올리며 다른 방의 창문도 열어두었다. 바닥을 닦고 싱크대도 닦고 커피를 한 잔 마신 후 그러고 보니 드리퍼와 원두 가는 것도 사야겠다고 생각하며 화장실 바닥을 닦았다. 그렇게 몸을 움직이고 나자 원래는 잠시 책을 읽을 예정이었는데 피곤하여 잠이 들었다.

삼십 분쯤 잤을까 옆집에서는 성령의 은혜를 찬양하기 시작했고 그 소리에 눈을 떴을 때 햇빛이 이불 위를 가로지르고 있었다. 나는 언젠가 이런 햇살을 본 적이 있다고 생각했고 그와 함께 여름의 제네바를 걷는 자크가 잠시 찾아왔다 가던 길을 갔다. 나는 지난번에 들었던 알코올중독자의 고민 상담이 떠올랐고 그 방송을 다시 듣고 싶다고 생각했다. 해가 잘 들어오는 좋은 집이라고, 두 번째로 최명환을 만났을 때 내게 커피를 마시라고 잔을 건네며 그런 이야기를 했었지. 반년도 안 된 이야기인데 어쩐지 먼일처럼 느껴졌고. 일어나서 귤을 먹고 사야 할 것들을 몇 개 정리해보았다.

일단 인스턴트커피를 사고 드리퍼는 나중에 사고 샴푸와 세면도구를 새로 사야겠다고 생각했다. 옷을 챙겨 입고 내려갔을 때 P씨는 여전히 토요코인이 보이는 자리에 서 있었다.

—뭐를 아예 안 하시는 거예요? 거의 동상 같은데요?
—공부하다 나온 거예요. 오늘 저녁에 보는 거 맞죠?

나는 약속 시간까지 애매하니 커피를 마시다 가자고 했다. 해가 지기 시작하고 있었고 하늘은 붉고 그 끝은 보라색이었다. 무척 예쁘고 그런데 오늘은 미세먼지가 심한 날이랬는데 저 색은 맑은 날에는 다르게 보이는 걸까. 맑은 날에는 나타나지 않는 색인가. 우리는 어딘가로 가자고 말하지 않고 걷다가.

—저 여기서 예전에 방학 때 아르바이트한 적 있었거든요.
—여기는 뭐하는 데예요?
—글쎄요. 무역회사인 거 같은데요.

우리는 P씨가 가리키는 낡은 벽돌 건물 안으로 들어가 일단 계단을 올라갔다. 옥상으로 올라가는 문을 밀었을 때 문은 가볍게 열리고 우리는 조심스럽게 옥상으로 올랐다. 옥상 바닥은 초록색이고 말라 죽어 잎이 누런 식물들이 심어진 화분이 두 줄로 나란히 옥상 한편을 채우고 있었다. 부산타워가 가까이 보이고 가깝다는 것은 큰길에서 보일 때보다 가깝다는 것으로 손에 잡힐 듯이 가까운 것은 아니었다. 옥상에 오르니 중구의 오래된 건물들이 각각 개별적인 특징들을 살필 수 있을 정도로 가깝게 보였다. 당연히도 지금 옥상에 올라와 있는 사람은 아무도 없었고 강렬하고 선명한 주황색의 하늘이 이건 마치 끝이에요 지구는 이걸로 끝입니다라고 말하는 것 같았다. 하지만 하늘이 어두워지고 모두에게 익숙한 어둠이 찾아오면 우리는 또 이런 식으로 하루를 접었다는 것을 알아차리게 될 것이다. 그러다 어느 날 정말 끝을 보게 되고 그때가 되면 우리는 여러 번 연습한 끝을 익숙하게 맞이하게 될 것이다. 여기에서 이것이 보였는데 우리는 새롭게 보이는 것을 셀 수 있었는데 다음에 올라오면 아니 올라올 수 없을지도 몰라. 그런 이야기를 나누다 옥상을 내려왔다. 최선생의 집에 가기 전 카페에 들러 커피를 마셨다. 선생님께 드릴 원두를 함께 샀다. 오래 걸어서인지 아직 저녁을 먹기 전인데도 왠지 지쳐서 엎드려서 자고 싶기만 했다.

—기차를 타고 와서 피곤한가봐요.

나는 그런가보다고 말하며 커피를 마시면 나아질 것이라고 했다. 커피를 마시며 눈을 크게 뜨려 애쓰고 늘 다른 국면으로 다가 오는 순간들을 의식했다. 부산에서 다가오는 순간들 그곳에서만 생생한 장면들. 그중 어떤 것을 선택해도 좋고 당장 손에 쥘 수 있는 것들을 쥐어도 좋고 의지 없이 몸을 맡겨도 좋을 것이라고 생각했다. P씨는 꽃을 사가자고 하였고 커피를 마시고 일어나 근처 꽃집에서 튤립을 사서 갔다. 튤립이 무척 예뻤다.

최선생의 집에는 지난번에 본 세영씨와 세영씨의 남동생과 남동생의 친구가 와 있었다. 우리는 P씨에게 집주인-전 세입자-현 세입자라고 최선생과 세영씨와 나를 소개했다. 세영씨가 빌렸던 곳은 지금 내가 사는 곳은 아니지만 세영씨와 나를 묶는 관계가 같은 집주인에게 집을 임대했다는 사실이라는 것이 웃겼다. 보통의 경우라면 만날 일도 없고 웃으며 만날 일은 드문 관계였고 한편으로 우리들도 어느 순간 웃음기를 거두고 냉정한 얼굴로 서로에게 손에 쥔 것을 내밀고 주머니에 든 것도 꺼내 보이라고 말해야 할지 모른다. 우리는 마음 한구석에서 그 모든 것들을 예비하고 있을 것이다. 최선생은 주황색 튤립이 너무 예쁘다고 말하며 투명한 유리 꽃병에 꽂아 식탁에 두었다. 방금 전 하늘의 색 같은 주황색이라고 생각했다. 세영씨 남동생의 친구와 P씨는 같은 고등학교 출신임을 알게 되어 급속히 친해졌고 나는 이제 세영씨와 세영씨 남동생의 얼굴은 외운 것 같다고 한두 달 뒤 거리에서 마주쳐도 알아볼 수 있을 것이라고 생각했다. 세영씨 남동생은 그간 최선생의 사무실에서 서류 정리 아르바이트를 했는데 워킹홀리데이 비자를 따서 다음달에 독일로 출국할 예정이라고 하였다. 최선생은 괜찮으면 P씨에게 그 일을 맡아달라고 하였고 세영씨 남동생은 크게 어려운 일은 아니라고 말했다. 사람들을 만나 이야기를 하다보니 방금 전 카페에서의 피로와 졸음은 어느샌가 사라졌고 P씨는 어디서 누굴 만나 이야기를 해도 크게 어색해하지 않는 사람이라는 생각이 들었다. 그런 생각을 하면 나는 다시 아파트 안 계단의 손잡이가 교차하는 V자 사이로 보이는 토요코인 건물을 바라보고 있는 것 같은데 그는 종이컵에 든 커피를 마시며 처음 본 나에게도 아무렇지 않게 말을 건넨다. 세영씨 남동생은 부엌으로 가 최선생을 돕고 세영씨는 그릇을 가져와 식탁에 놓았다. 잠시 후 우리는 모두 함께 많은 것을 먹었는데 최선생의 집에 가면 늘 많은 것을 먹고 맛있게 먹고 배부르다고 생각하며 또 먹고 잠이 들어버리네 하는 생각을 하다 다시 한번 최선생의 세례명을 떠올렸고 이건 운명인가 생각하며 맛있는 것을 많이 먹었다. 샐러드와 문어와 스키야키와 새우튀김을 와인과 함께 먹었다. 세영씨 남동생의 친구는 공무원이라고 하는데 늘 바빠서 여유가 없었지만 오늘 오랜만에 편한 맘으로 맛있는 것을 먹었다고 했다. 와인은 그가 선물받은 것을 가져온 것이었다. 남동생의 친구와 세영씨가 함께 설거지를 하고 나는 원두를 갈아 커피를 내렸다.

—이제 피할 수 없어요.

—뭐가요?

—3월이 되면 피할 수 없이 시간이 지난 거예요.

우리는 잠시 해야 할 일들을 피할 수 없는 것들을 무서운 것들을 말하고 나는 그런데 부산에서 벚꽃은 본 적이 없어서 그때에 맞춰서 다시 올 것이라고 말한다. 지난번 바에서 최선생과 마주친 이야기를 하고 세영씨는 왜 나는 빼놓고 간 거야 일부러 화난 얼굴을 하고 장난을 치고 우리는 봄에 모두 같이 가자는 말을 한다. 남동생의 친구와 P씨와 세영씨는 담배를 피우고 오겠다며 잠시 나가고 세영씨의 남동생은 전화통화를 하고 오겠다며 나갔다. 나는 최선생과 나란히 소파에 앉아 커피를 마셨다. 우리는 소파에 고개를 기대고 잠시 쉬었다. 지난번에는 눈이 왔었는데 모두 함께 눈을 보는 것이 좋았다. 봄이 온다는 것 우리는 발이 땅에서 오 센티쯤 떠 있는 상태로 걷고 또 걷게 될 것이다. 우리는 함께 벚꽃을 보게 될지 모른다고 생각했고 잠깐 그 모습을 그려보았다.

열시가 넘어 P씨와 나는 최선생의 집을 나왔고 세영씨와 세영씨의 남동생 그리고 그의 친구는 좀더 있다가 나와서 회에 소주를 마실 것이라고 했다. P씨는 돌아가면 발표 준비를 할 것이라고 했다. 내일 오전에는 함께 부산타워에 가기로 하고 나는 바쁜데 괜찮느냐고 묻고 우리는 술을 깰 겸 길을 건너 바다를 향해 걸었다. P씨는 최선생의 사무실에서 아르바이트를 하기로 확실히 결정했다고 말한다. 왜 어떻게 우리가 아는 사이가 된 거지? 나는 웃었고 P씨는 나는 소개해줄 사람이 없네 누가 있을까 누굴 소개시켜주지? 말하며 걷고 또 걷다가 얼굴을 만져도 더이상 뜨겁지 않아졌을 때 아파트로 돌아왔다. P씨는 다음에는 호스텔에 같이 사는 사람들 이야기를 해주겠다고 하였다. 우리는 각자의 입구에서 손을 흔들고 나는 계단을 오르다 문득 생각이 나 마트에서 인스턴트커피와 라면과 사과 두 개를 샀다. 우유와 크래커도 샀다. 괜찮은 사람이 되려면 한번 죽지 않으면 안 돼요, 누가 그런 소리를 마음속에서 속삭이는 것을 듣다가 한번 죽으면? 다시 태어나는 거야? 아니면? 죽은 사람이어야 하는 거야? 살아 있는 사람은 가망이 없다는 거야? 물으며 계단을 올랐다. 창문을 열어두어서 집안은 서늘했고 바닥은 차가웠다. 문을 닫고 보일러를 켜고 손을 씻고 물을 끓였다. 피곤했는데 왠지 앉아 있고 싶어서 앉아서 『티보가의 사람들』을 좀더 읽었다. 손이 시렸고 컵을 쥔 채로 손을 녹이며 책을 읽었다. 내일은 노트북을 열고 쓰던 것을 이어서 쓰자고 생각했다. 샤워를 하고 속옷과 양말을 방에 널었다. 이불을 덮었을 때 아직 방은 따뜻해지지 않았고 다시 일어나 내일 신으려던 양말을 챙겨 신고 누웠다. P씨와는 열시에 만나기로 하였다. 아마 아직도 발표 준비를 하고 있겠지 생각했고 소주를 마시고 있을 세영씨와 세영씨의 남동생과 그의 친구를 생각했다. 최선생의 작은방은 늘 정리된 모습으로 스스로의 시간을 보내고 있고 들어가본 적 없는 최선생의 방은 본 적은 없지만 깔끔하고 아늑할 것이다. 최선생에게 잘 자세요라는 인사를 속으로 보내고 그러자 지구 위에 두 개의 이부자리가 떠다니는 느낌이었고 P씨의 발표 준비가 잘되어가기를 응원하며 잠이 들었다. 나는 두 마리의 개가 나를 열렬히 사랑하던 꿈을 가끔 다시 생각했다.

비가 내렸고 그래도 가고 싶다고 생각하며 일어났다. P씨는 먼저 나와 있었다.

—비가 많이 오는 건 아니니까 가는 게 어때요?
—저는 많이 와도 가고 싶어요.

아직 먹지 않은 귤과 보온병에 커피를 챙겨 왔다. 그런데 우리는 밥을 많이 먹고 싶어질 거야. 비 오는 날 우산을 들고 걸으면 허기가 질 것이다. 에스컬레이터를 타고 용두산공원으로 향했다. 역시나 이 시간에 공원에 오르는 사람은 없었고 공원뿐만이 아니라 오전부터 남포동에 나와 있는 사람들은 가게 주인이나 학원에 다니는 사람들 말고는 거의 없어 보였다. 에스컬레이터에는 나와 P씨뿐이고 왠지 에스컬레이터 끝까지 올라도 아무도 없을 것 같고 어제의 붉은 하늘을 떠올리며 나는 이것이 지구의 끝 같았는데 비가 내리고 사람들은 보이지 않고 우리는 어느 곳으로인가 가서 숨고 숨는다면 최선생의 사무실이 좋을 것이다. 팔각정에 서서 내려다보이는 것을 내려다보며 나무 냄새와 비 냄새를 맡았다. 비옷을 입은 사람과 비옷을 입은 흰색 진돗개가 우리의 뒤를 가로질러 열심히 뛰어갔다. 이어서 비옷을 입은 사람과 비옷을 입은 갈색 푸들이 우리 앞을 가로질러 빠르게 뛰어갔다. 공원 안의 카페는 이제 막 문을 열고 있었고 우리는 매표소로 가 표를 샀다. 타워 안에는 아무도 없을 줄 알았는데 우리 앞으로 비옷을 입은 관광객 스무 명 정도가 기다리고 있었다. 그들이 다 올라간 후 천천히 엘리베이터를 탔다. 언제 타더라도 반복하고 싶을 것 같은 서서히 멀어지는 방금 전의 지상과 시야로 밀려드는 서로 다른 수많은 건물들과 바다를 엘리베이터에 붙어 바라보았다.

—봤어요?
—뭘요?
—저기 아파트 우리 사는 데.
—어디?

P씨는 손으로 저기를 봐봐요 어깨를 붙잡고 시선을 고정시켜주었지만 엘리베이터는 빠르게 가야 할 곳에 도달하고 나는 내려갈

때 다시 말해줘야 한다고 했다. 전망대에 내리자 직원들과 먼저 올라간 비옷을 입은 관광객들이 보였다. 관광객들은 함께 사진을 찍고 있었다. 우리는 천천히 한 바퀴를 돌았다. 비가 와서 창에는 빗방울이 맺혀 있고 멀리 대교 쪽은 안개가 보였다. 나는 P씨에게 이곳에 오면 이런저런 것들을 물어봐야지 생각했으나 막상 오자 아무것도 기억나지 않고 느긋하게 빗소리를 듣고 싶었다.

—언제부터 아르바이트하기로 했어요?

—다음달부터요.

—바쁘겠네요.

—일단 일을 구해서 안심하고 있어요. 근데 여기서 일하는 사람들은 담배를 어디서 피우지?

—직원용 엘리베이터는 없을 것 같아요. 참지 않을까.

나는 귤을 주고 커피를 나눠 마시고 P씨는 가방에서 초콜릿을 꺼내주었다. 우리는 천천히 전망대를 한 바퀴 돌았다. 우리가 사는 아파트가 보이는 곳에서 P씨는 저기 안 보여요? 저기 있잖아요. 저기 십자가는 보이죠? 십자가에서 두시 방향으로 보면 보이잖아요. 사실 나는 십자가부터 찾지 못해서 못 찾겠다고 십자가도 모르겠다고 말했다. 보통 때였으면 십자가가 보이는 척을 했을 텐데 십자가가 보이면 아파트까지 보이는 척을 해야 하는 것이 순간 무척 피곤하게 느껴졌다. 건물은 서로 달랐지만 그중 하나를 찾으려 마음먹자 다들 비슷해 보였고 그들의 차이를 구분하기가 어려웠다. P씨가 십자가 저기 있잖아요라고 계속 십자가 찾기를 열성적으로 안내하려고 들면 피곤했을 것이다. 다행히 P씨는 비 오는 날이라서 시야도 흐릿하고 뭔가를 찾기 힘들 거라고 했다. 어느 순간 관광객들은 사라지고 한동안 직원들 외에는 나와 P씨뿐이었다.

—아무도 없는데요?
—진짜 아무도 없다. 바닥에서 자도 모를 것 같다.

한참을 서서 보이는 것들을 내려다보았다. 저기에는 바다가 있고 그것이 보이고 다리가 있고 그것도 보이고 어깨를 맞댄 건물들은 서로 다른 모습으로 스스로 서 있다. 나는 몇 개의 집을 갖고 싶었고 몇 개의 나도 갖고 싶었다. 방금 불이 켜진 아이보리색 단층 건물에 꼭대기 층에서 살고 싶었고 내가 사는 곳에서도 살고 싶었다. 여객 터미널에서 배를 타고 후쿠오카로 향하고 싶었고 방금 전 오사카로 향하는 배를 타서 침대칸에서 짐을 정리하고 싶었다. 내 뒤에서 지루한 표정으로 커피를 내리고 싶었고 보이지 않는 타워 내 사무실에서 일을 하고 싶었다. 직원용 엘리베이터가 어딘가에 있지 않을까. 우리는 가져온 커피를 모두 다 마시고 귤과 초콜릿도 다 먹고 나서도 한참이나 건물들을 내려다보다가 타워를 내려가는 엘리베이터를 탔다. 내려오며 P씨는 손가락으로 다시 아파트를 가리키고 나는 이번에는 봤어요 진짜예요 말하며 엘리베이터에서 내렸다. 비는 거의 그쳐 있었고 땅은 젖어 있고 오가는 사람들은 여전히 드물었다. 우리는 함께 김치칼국수를 먹고 아파트로 돌아왔다. 의식처럼 나란히 서서 잠시 중앙동의 건물들을 바라보았다. P씨가 종이컵에 커피를 타서 가져왔다. 나는 타워에서 누군가 나를 보고 있을 것이라고 누군가 서서 종이컵에 인스턴트커피를 마시고 있는데 어디선가 그와 동시에 혼자서 중국집에서 탕수육에 연태고량주를 마시고 있을 것이라고 타워에 서 있는 나는 도서관에서 시험공부를 하고 있는 대학원생이 바라보고 있을 것이라고 생각했다.

집에 도착하자 피곤이 몰려왔고 어쩐지 추워서 보일러를 켜고 옷을 갈아입고 누웠다. 물을 끓여 꿀을 타 마시고 따뜻한 물을 마시고 또 마시다 잠이 들었다. 아직 낮이고 하루는 이대로 끝나지 않을 것이고 시간은 남아 있다. 자다가 열이 난다고 생각하며 잠시 자다 깨다 다시 잠이 들었고 저녁이 되어 일어났을 때는 어지러웠다. 어렵게 몸을 일으켜 약과 죽과 주스와 생강차를 사서 돌아왔다. 애를 써야 하는 일이네 모험이라고 생각하자. 모험처럼 여겨지지는 않았지만 모험을 마치고 집에 도착하니 기쁘고 안심이 되었다. 이불 옆에 죽과 주전자와 생강차가 차례로 놓여 있었고 나는 양말을 두 겹 신고 목에 스카프를 맨 채 누웠다. 약을 먹고 일찍 잠에 들었고 좀더 가벼운 내일을 기다렸다.

다음날 P씨가 죽을 사다주었다. 나의 집에 처음 온 P씨는 어색한 기색 없이 죽을 건네주었고 나는 소매가 긴 옷을 걷으며 인스턴트커피를 건넸다. 그는 커피를 마시며 집이 간단해서 좋다고 했다. 아무것도 없어서 좋네요. 집 같지 않은데 집인 것이 좋아 보이네요. 이 호수는 이런 느낌이구나 집안과 창밖을 살피는 P씨를 보며 순간 P씨가 이곳에 있는 것이 무척 자연스러웠고 집 같지 않은 간단한 이곳이 P씨의 집 같았다. 창밖을 보며 커피를 마시던 P씨는 이제 쉬라며 돌아갔다. P씨의 자연스러움과 편안함에 대해 잠시 생각하다 말았다. 어제보다는 나은 것 같지만 여전히 열이 났다. 계속 누워 있고 싶지는 않아서 생강차와 따뜻한 물을 계속 마시다 밖으로 나왔다. 마스크를 하고 껴입은 채로 걸었다. 걷다보면 다 나은 거 아닌가 하는 착각이 들었고 이런 식으로 며칠을 반복하면 낫지 않을까 생각했다. 최선생이 자기도 감기에 걸렸다고 말했고 그 이야기를 듣고 왠지 웃음이 났다. 모두 함께 먹고 마시고 그런데 그중에서 피곤하고 감기에 걸리는 사람들. 그렇다면 만나도 되겠네요. 다른 사람들은 모르겠지만 둘 다 감기에 걸렸으니까 감기에 걸린 사람들은 함께 만나도 될 것 같아요. 우리는 최선생의 사무실에서 만나기로 하였다.

오래전부터 틀어둔 온풍기 때문인지 들어가자마자 더운 기운이 느껴졌고 그에 지지 않으려는 듯이 가습기가 안개를 뿜어내고 있었다. 최선생의 사무실은 언제나 쾌적하고 제대로 정돈되어 있을 것이다. 최선생은 긴 숄을 내게 주었다. 최선생이 건네주는 생강차를 마시며 가져간 책을 읽었고 그는 맞은편 책상에서 일을 하고 있었다. 아직 처리할 일이 남았다고 하였다. 책을 읽다 잠시 졸다 다시 책을 읽었고 최명환은 누군가에게 전화를 하더니 잠시 후 죽을 받아서 들어왔다. 우리는 함께 죽을 먹고 각자의 하려던 것을 하였다. 고개를 돌렸을 때 최명환은 창가에 서 있었다. 나는 가까이 다가가 그의 어깨에 두 손을 포개고 얼굴을 기댔다. 기침이 나와 물을 끓여 차를 좀더 마시고 소파에서 책을 읽었다. 오후의 시간이 그런 식으로 흘러갔다. 사무실에도 책이 몇 권 있었는데 일을 하다 만난 사람들에게 받은 것들이라고 했다. 부산의 근대를 따라 걷는 것을 목표로 하는 여행책을 책꽂이에서 꺼내 읽었다. 가보고 싶은 곳을 몇 곳 메모했다. 최명환은 집에 가서 함께 저녁을 먹자고 하였고 우리는 최명환의 차를 타고 그의 집으로 향했다. 소고기뭇국에 밥을 말아 먹고 감기약을 챙겨 먹고 생강차를 마셨다. 소파에서 잠시 졸았는데 최명환은 작은방에서 자라고 하였다. 나는 일어날 것이라고 했고 우리는 텔레비전을 켜자 나오는 흑백영화를 보았다. 넘버 스리 야쿠자가 선글라스를 낀 채 임무를 수행하고자 애쓰고 있었다.

—저 사람 저 배우 죽었대요.

—그런데 살아 있는 사람 같네. 영화라서 그런가.

감기에 걸린 두 사람은 졸려서인지 영화 속 배우가 죽은 사람 같지 않다는 당연한 말을 이어나갔다. 나는 한참 영화를 보다 잠이 들었고 잠든 몸 위로 두터운 이불이 덮이는 것을 느꼈으나 졸려서 다시 일어날 수 없었다. 나의 팔을 껴안으며 몸은 작아지고 이불은 커지고 커다란 이불 속에 파묻히고 싶다고 생각했다. 최명환은 작은방에 가서 자라고 내 몸을 흔들었고 간신히 몸을 일으켜 작은방에 누웠다. 한 번도 깨지 않고 깊이 잠들었다.

일찍 잠이 들어서인지 새벽에 눈이 떠졌다. 몸이 어제보다 한결 가볍게 느껴졌다. 물을 마시러 나왔을 때 최명환은 창가에 서서 밖을 바라보고 있었다. 창가에 선 최명환을 보면 왜인지 자동적으로 창 앞에 서 있는 블라우스와 치마를 입은 최명환의 뒷모습을 그리게 된다. 이십대 후반의 그는 영도에 있는 성당을 다니고 영도의 성당에는 야학을 다니러 한진의 공장에 다니는 사람들이 오갔다. 바람이 많이 불던 봄 성당에서 보던 성당 근처에서 자주 마주치던 대학생은 왜인지 회사 앞을 지나가고 그는 신학교 학생이라고 했었는데 동시에 버스에서 만났을 때 그가 무언가를 읽고 있던 것을 생각하고 불이 났을 때 연기가 가득했을 때 같은 날 밤 모욕을 당하고 그러나 그것이 모욕이 아니라고 나에게는 아무것도 일어나지 않았다고 생각하고 뛰어갔을 때. 최명환의 뒷모습을 보면 그러한 순간들이 떠올랐다. 최명환의 옷에서는 탄 냄새가 나고 마음은 조급하고 불안하고 언제나 무언가에 흔들리고 있었다. 집 안은 따뜻했지만 창가에 나란히 서자 어디선가 새어 들어온 차가운 공기가 서서히 잠을 깨게 했다. 그는 회사 주변에서 성당에서 가끔 마주치던 대학생이 지나가는 것을 보고 저 아이는 왜 정신없이 지나갈까 생각하고 오늘은 바람이 많이 부는 날이라고 생각하고. 미문화원에서 치솟는 연기를 보았을 때 아무 이야기도 들은 것은 없었지만 그 아이를 생각하고 며칠 후 경찰들은 몽타주를 배포하고 그 몽타주는 누구를 닮은 걸까 생각했다. 나는 최명환에게 김은숙은 어떤 사람이냐고 물었다. 최명환은 창가를 바라보고 나도 서서히 붉게 변하는 어두운 하늘을 바라보고 그러다 고개를 돌려 그를 보았을 때 그의 옆얼굴은 겁에 질린 것처럼 보였는데 그의 얼굴에 드리워진 나의 그림자 때문이었다. 그의 얼굴에 드리워진 나의 그림자가 어떤 이유에서인지 그의 얼굴에 본 적 없는 감정을 보이게 하였다.

최명환은 내게 들을 준비가 되었냐고 묻듯이 잠시 나의 얼굴을 쳐다보았다.

—어떻게 처음 그 사람을 알게 되었는지 말해줄게.

최명환은 잠긴 목소리로 천천히 자기의 이야기를 하기 시작하였다.

개는 연기를 잘한다

수미는 로비에 앉아 투숙객용으로 놓인 오래된 커피메이커에서 커피를 따라 마시며 언니를 기다렸다. 윤미 언니는 회색 투피스를 입고 호텔 문을 열고 들어왔고 그 모습이 근사해 보였다. 수미는 체크인까지는 시간이 남았으니 밥을 먹거나 커피를 마시자고 하였다. 두 사람은 근처 찻집으로 가 커피와 토스트를 주문했다. 가게 안의 사람들이 담배를 피우고 있었고 언니는 반가운 표정으로 불을 붙였다.

—원래 담배 피웠었어요?
—엄마랑 같이 살 때는 안 피웠지.

그 이후로 언니를 안 본 것도 아닌데 수미는 지금 언니의 얼굴을 갑작스럽게 맞닥뜨린 기분이 되었고 잠이 든 언니의 얼굴을 내려다보며 스물여덟은 이런 얼굴 서른이 되면 어떤 얼굴이 되지 생각했던 때가 새삼스럽게 밀려왔다. 너는 이제 그 나이가 지났고 우리는 이제 서로의 지난 시간을 정면으로 부드럽게 마주하지 않으면 안 된다고 언니의 나이든 얼굴이 말하고 있는 것 같았다. 언니는 대학원에서 무슨 공부를 했는지 물었고 수미는 연극이론을 전공했다고 말했지만 역시 어떤 공부를 했는지에 대해 말하는 것은 조금 자신이 없었고 자신 있게 대답하는 사람들이 계속 학계에 남는 것일까 하는 생각이 그 순간 들기는 하였다.

—커피가 정말 맛있네.

—저도 가끔 오는 곳이에요.

—다음에 또 오자. 시간이 그래도 좀 있지?

—주말에는 괜찮아요.

—호텔에서 같이 묵지 않을래? 일부러 두 명으로 잡아달라고 한 건데?

언니는 일행은 없다고 혼자 왔다고 말했다. 수미는 무슨 일 때문에 온 것이냐고 물으려다 말았다.

—나 너 보러 왔어.

수미는 왠지 웃음이 나서 정말이에요? 웃다가 그럼 내일 갈아입을 옷을 좀 챙겨서 오겠다고 말했다. 체크인 시간이 가까워져 자리에서 일어나자고 했을 때 언니는 조금만 더 있다 가자고 하였다. 커피를 한 잔 더 시켜달라고 하였고 커피가 오는 동안 담배 한 대를 집중하며 정말 맛있게 피웠다. 한 대를 다 피웠을 때 마침 커피는 언니 앞에 놓이고 언니는 커피 한 잔을 천천히 마셨다. 수미는 언니를 재촉하지 않고 가고 싶을 때 말하겠지라는 생각으로 커피를 한 잔 더 주문하였다. 찻집에서 일어선 시간은 네시를 넘은 시간이었다. 수미는 언니에게 이 시간에 어디를 구경하기는 애매하니 긴자에서 백화점 구경하는 건 어떻겠느냐고 권했다. 언니는 내일 수미와 함께 가겠다고 말하며 호텔에서 쉬겠다고 하였다. 체크인을 하고 방으로 올라가 방문을 열고 짐을 내려놓았을 때, 커피를 마시던 때와 달리 언니는 부쩍 춥고 피곤해 보였다. 내일 보자고 말하고 방문을 닫았을 때 언니가 내일 또 커피 마시자며 웃었다. 문 사이 언니가 순간적으로 왜소해 보이기까지 해서 수미는 조금 놀랐다. 문을 닫고 호텔 복도를 걸어나가며 수미는 왜 그렇게까지 작아 보였지 생각하며 언니의 모습을 곱씹어보았다. 지하철을 타고 집으로 돌아갈 때 우리는 왜 언제 함께 방에 누워 쑥떡을 먹던 시간에서 멀어진 거지? 앞니가 없던 동생은 수미보다 일찍 결혼하여 두 아이의 아버지가 되었다. 언니가 호텔 근처를 걸으며 저녁을 사 먹고 담배도 알아서 사서 피우고 방금 간 찻집에 혼자 들어가 따뜻한 블렌딩 커피를 다시 주문하는 것을 그려보았다. 언니의 투피스 차림은 멋졌고 언니는 아마 모든 것을 무리 없이 해내겠지만 두 사람이 서로가 보지 않는 곳에서 각자의 일을 한다는 것이 그 순간 수미에게 무척 냉정한 일처럼 여겨졌다.

다음날 옷을 챙겨 호텔로 갔다. 두 사람은 함께 조식을 먹고 어제 갔던 찻집에서 커피를 마셨다.

—뭐 하고 싶은 거 없으세요?

—글쎄, 그냥 커피 마시고 책 보고 산책하고 그러면 될 것 같은데?

—사람 많은 데는 싫으세요?

언니는 웃더니 이번에는 그냥 그러고 싶다고 말했다. 엄마가 도쿄에 왔을 때 함께 갔던 곳들 아사쿠사와 도쿄타워 등을 접어두고 동생이 부인과 왔을 때 함께 갔던 곳들 백화점과 레스토랑 등을 접어두었다. 수미는 그래도 나중에라도 갈 수 있으니 생각나는 대로 말해달라고 하며 이곳저곳을 설명했다. 언니는 수미가 애쓰는 것을 기특한 것처럼 여기는 얼굴로 그러나 그만해도 된다는 표정으로 웃었다. 두 사람은 또 커피를 한 잔씩 더 주문했고 수미는 그럼 서점을 가고 골목들을 걷자고 말했다. 언니는 커피를 마시고 담배를 피울 때 유일하게 집중이라는 것을 하고 있는 것처럼 보였다.

—내가 조금 아프거든?
—어디가 많이 안 좋으신 거예요?
—돌아가면 계속 치료를 받아야 해서 그러면 어디 잘 못 다니잖아. 그래서 어디 한번 가볼까 싶어졌다.

일부러 웃으며 아프신데 담배를 피워도 되냐고 물었는데 언니는 삼분의 일 정도가 줄어든 갑을 수미에게 보여주며 도쿄에서 마지막으로 이것만 피우려고, 웃으며 말했다.

—이제 아예 안 피울 거야.

찻집을 나오니 점심시간이었고 조식을 먹어서인지 배가 고프지는 않았다. 천천히 걸어서 평소 자주 다니던 서점으로 갔다. 언니는 한 시간이 넘게 서점에서 책들을 구경하다가 힘들다고 호텔로 돌아가자고 하였다. 책을 볼 때 담배를 피울 때처럼 힘을 쏟아 집중하고 있는 모습이었다. 택시를 타고 호텔로 돌아왔다. 택시 안에서 언니는 의자에 몸을 완전히 기대고 있었다. 방으로 돌아오자마자 언니는 가방을 바닥에 던져두고 겉옷만 벗고 쓰러지듯 누웠다. 수미는 언니의 가방과 겉옷을 챙기고 어제 입고 잔 것처럼 보이는 잠옷을 침대 위에 올려두었다. 언니가 잠이 드는 것을 보고 수미는 근처 마트로 먹을 것을 사러 나갔다. 언니의 자는 얼굴은 그러고 보니 방금 전 또 언니의 자는 얼굴을 보고 있었고 종종 미간에 힘이 들어가는 자고 있는 얼굴을 보며 내가 마주해야 할 것은 무엇이야? 언니가 답을 해줄 것처럼 수미는 자꾸만 묻게 되었다. 마트에서 그런데 무얼 사야 할지, 엄마에게 연락해 언니가 어디가 얼마나 아픈지 물어봐야 할지 생각하며 텅 빈 카트를 끌며 세 바퀴쯤 돌았다. 죽 두 개와 우롱차 페트병 하나 우유 하나 주스 두 개 인스턴트커피 한 병 샐러드 두 팩과 사과 두 개 계란말이 하나 요구르트 두 개와 푸딩 네 개 레토르트 된장국을 샀다. 돌아오는 길에 근처 빵집에서 식빵과 잼과 다른 빵 몇 개를 샀다. 조용히 호텔 냉장고에 산 것들을 넣어두고 아직 자고 있는 언니의 얼굴을 보다가 가습기를 씻어서 틀었다. 음 소거 상태로 텔레비전을 켰다. 직업 세계를 다루는 프로그램이 나왔고 긴자의 술집에서 이십 년이 넘게 춤을 추는 댄서의 이야기가 나오고 있었다. 그 사람은 이십 년 넘게 매일 춤 연습을 한 후 의상과 메이크업을 꼼꼼히 준비하고 밤의 긴자로 향했다. 그 사람이 춤을 추는 것을 보면서 수미는 순간적으로 많은 것들이 의심스러웠는데 자신이 왜 일본에까지 와서 공부를 했는지 매일 반복하는 회사의 일들이 무척 실체가 없는 일처럼 느껴졌고 예전에 독일에서 일 년 있었을 때 그 때는 물론 영어로 수업을 들었지만 초급 독일어 수업을 들었고 인사말이나 시간 정도는 물을 수 있었는데 그것들은 당연히 모두 잊어버렸고 일본어로 지금이 몇시입니까라고 물어야 한다면 당연히 바로 입에서 튀어나오지만 그게 맞는 말일까 거짓말 같고 누군가 어깨를 흔들며 기억해내라고 말할 것 같은 기분 자신을 구성하는 많은 것들이 순간 의심스러웠다. 그러나 언니의 조금 아프다는 말을 조금 아픈 것으로 받아들이면 그 순간 모든 것이 제자리에 있는 것처럼 느껴졌다. 자신이 하는 일본어 매일 회사에서 하는 일들 모든 것이 일상이라는 분류로 제자리를 찾아가지만 언니의 말은 위독하다는 뜻이었고 지금 수미 옆에 있는 미간에 힘이 들어가 주름이 생기는 얼굴 낮고 작게 코를 고는 소리 메마르지만 힘있는 표정들이 곧 사라질지도 모른다는 것을 받아들여야 한다는 뜻이었다. 텔레비전을 끄고 옷을 입고 나와 근처를 걸었다. 뜨개질 실을 파는 가게와 원두를 파는 가게가 있었고 조용하고 조금 비싸 보이는 음식점이 있었고 천을 잘라 파는 가게와 전구를 파는 가게가 있었다. 상점들 사이를 천천히 걷다가 수미는 주먹밥을 사 먹었다. 녹차를 마시며 좀더 걸었다.

다시 호텔로 돌아갔을 때 오후 네시가 지나 있었고 언니는 침대에 누운 채로 수미를 보고 웃었다. 냉장고를 열어 사온 것들을 보이자 따뜻한 물을 달라고 하였다. 언니는 따뜻한 물과 죽을 먹고 수미는 빵과 커피를 마셨다. 호텔에서 텔레비전을 보며 쉬다가 저녁에는 근처 대학을 산책했다. 학교는 조용했고 어두운 건물에 불 한두 개만 켜져 있었다. 불이 켜진 곳에서는 바이올린 소리가 흘러나왔고 두 사람은 누가 저녁에도 연습을 하나봐 웃으며 연습중인 곳을 바라보았다. 두 사람은 천천히 걸어 오전에 들른 찻집으로 향했고 카레와 토스트를 시켰다. 그러고 보니 언니는 이전에도 뭘 많이 먹지는 않았는데 광주에 갔을 때는 뭘 많이 먹었다.

—조윤미 기억나요?

—응?

—나 제과점에서 같이 빵 먹었잖아요.

—윤미가 나 보러 부산에도 왔어 얼마 전에.

언니는 활짝 웃었고 가게 주인은 웃음을 전달받듯이 웃으며 음식을 각자 앞에 놓았다. 언니는 음식을 천천히 조금 먹다 말았고 서른이 넘어 대학에 들어갔다는 조윤미 이야기를 하였다. 커피를 주문해 마시고 담배를 집중해서 피우고는 다시 웃으며 이제 못 피우겠다 말했다. 수미와 윤미 언니는 일어나 좀더 걷다 호텔로 돌아왔다. 씻고 나와 각자의 침대에 누워 책을 보다 틀어진 텔레비전을 보다가 언니는 일찍 잠이 들었다.

다음날도 두 사람은 조식을 먹고 찻집으로 가 커피를 마셨다. 호텔로 돌아와 낮잠을 자고 일어나 근처 러시아정교회 성당에 갔다. 종이 치는 것을 함께 들으며 종이 치는 소리만 듣고 있는 건데도 무척 좋다고 말했다. 아직 성당에 다니느냐고 묻자 그럼 다니지 하는 대답이 돌아오고 성당을 지나 서점에 들렀다. 언니는 예전에는 책을 많이 샀는데 지금은 책을 별로 안 사고 싶다 욕심이 안 생긴다고 말했다. 언니는 그림책 몇 권을 살펴보다 수첩과 펜과 만년필용 잉크를 몇 개 샀다.

—너 먼저 들어갈래?
—왜요? 어디 가요?
—응, 나 약속이 있다.

수미는 무슨 말인가 더 하려다 말았다. 어제라면 그래요 여기저기 좀 돌아다녀요라고 웃으며 말하겠지만 언니는 쉽게 피곤해했고 일본어를 잘한다고는 하지만 외국에 혼자 아픈 사람을 돌아다니게 하는 것이 마음에 걸렸다. 수미는 서점으로 돌아가 책을 좀더 살펴보다가 궁금했던 책을 한 권 샀다. 서점에서 나와서는 근처 상가를 둘러보다가 어젯밤 산책 때 들른 대학 근처의 카페에서 샌드위치와 주스를 주문했다. 다 먹은 후 커피를 한 잔 더 주문해 마시며 책을 읽었다. 왠지 불안한 마음이 들어 커피를 다 마시고 바로 호텔로 돌아갔다. 커피는 맛있었고 언니가 또 커피를 마시자고 하면 여기로 가보자고 해야겠다고 생각했다. 옷을 걸어두고 가운으로 갈아입고 새로 산 책을 읽다가 우리가 함께 광주에 갔을 때 옆집 개가 수미를 보고 미친 것처럼 마구 짖고 수미는 언니도 오지 않고 개도 짖어서 대문 밖에서 울었는데. 지금은 울지 않는다. 언니는 오지 않고 개는 짖지 않고 개가 짖어도 이제는 웃을 것 같다.

언니가 온 것은 다섯시가 넘어서였다. 도쿄에서 만나고 싶은 사람이 있었다고 했다. 수미는 더 묻지 않고 괜찮은 건지 묻고 배 안 고프냐고 묻고 언니는 어제 사온 죽을 먹겠다고 하였다. 죽을 들고 호텔 이층으로 가 전자레인지에 데우고 전자레인지가 돌아가는 이분 동안 가벼운 지진을 느끼고 역시 이상하다. 내가 지금 여기에서 있다는 것이 언니가 도쿄에 있고 우리는 나이를 먹었고 일을 해서 돈을 번다. 그런 생각을 하며 수미는 이상하다 흔들렸네 이상하다 생각했다. 죽을 가지고 방으로 돌아왔는데 그 와중에도 언니는 졸고 있고 문 여는 소리에 잠에서 깨어 수미를 보고 웃었다. 언니가 죽을 먹는 동안 수미는 요구르트를 먹고 커튼을 걷고 밖을 보았는데 저층의 주택들과 소방서가 보였다. 지나는 사람은 없고 다시 커튼을 치려고 할 때 아저씨 한 명이 시바견을 데리고 천천히 지나가고 있었다. 창이 영화 프레임인 것처럼 보이고 아저씨는 산책하는 엑스트라로 출연하고 있었다. 개는 연기를 잘한다.

—이거 봐봐.

언니는 미쓰코시백화점 쇼핑백을 수미에게 건넸다.

—내가 너한테 아무것도 사준 게 없더라고.
—뭘 사줘요? 왜 샀어요.
—한번 봐봐라.

쇼핑백 안에는 짙은 갈색 머플러가 들어 있었다.

—이거 좋다. 예쁜데요? 근데 나도 돈 벌어요.
—잘 쓰고 일하면서도 공부 열심히 해, 알겠지?

수미는 웃으며 고맙다고 말했다. 언니는 이제 돌아가면 병원행이야 병원행 생각하기도 싫다 말했다. 언니에게 물어보고 싶은 것이라고 해야 할지 물어야 할 것만 같은 것들이 많았는데 묻지 못하고 수미는 머플러 진짜 이쁘다 이거 완전 나랑 어울리네 이런 이야기만 했다. 언니는 내일 새벽 비행기로 서울로 돌아가 병원으로 간다고 말했다. 수미는 내일까지 호텔에서 묵는 것 아니냐고 물었고 언니는 하루 더 예약해두었으니 혼자서 쉬다가 출근하라고 말했다. 언니는 해가 질 무렵 잠이 들었고 수미는 어두운 방안에서 맞은편 침대의 언니의 낮은 숨소리를 들으며 새벽이 돼서야 잠이 들었다.

몇 시간 지나지 않아 잠에서 깨어 정신없이 언니와 근처 리무진 버스 정류장으로 갔고 언니는 배웅하는 거 싫다고 공항까지 오지 말라고 하였다. 버스 창에서 언니는 활짝 웃으며 손을 흔들었고 수미는 언니가 선물한 머플러를 맨 채 손을 흔들었다. 호텔로 돌아오니 가방 안에 언니가 준 용돈이 들어 있었다. 아무 생각도 하고 싶지 않아서 옷만 갈아입고 누웠다. 점심쯤 잠에서 깨어 정승에게 전화를 걸어 호텔로 올 수 있느냐고 물었다. 정승은 다행히 오늘은 아이를 어머니에게 맡길 수 있다고 말했다.

—안 그래도 너한테 할말이 많았거든.

—무슨 일 있었어?

정승은 웃으면서 도착하면 이야기하겠다고 말했다. 수미는 침대에 누운 채로 자다 깨다 하며 정승을 기다렸다. 그러다 깊게 잠이 들어버릴까봐 간신히 몸을 일으켰다. 냉장고에서 요구르트를 꺼내 먹으며 텔레비전을 보다가 시간이 되어 로비로 가 정승을 기다렸다. 문밖으로 정승이 보이고 정승은 웃으면서 문을 열고 들어왔다. 둘은 엘리베이터를 타고 방으로 돌아가 방문을 열고 수미는 정승의 옷을 받아 옷걸이에 걸며 잘 지냈느냐고 물었다. 정승은 웃으며 이렇게 만난 것이 너무 신기하다고 말했다. 수미는 어젯밤까지 윤미 언니와 함께 있었다는 이야기를 했고 언니가 아프다고 말했다. 수미는 언니와 무얼 했는지 이야기하기 시작했고 수미의 이야기가 끝난 뒤 정승에게 무슨 일이 있었느냐고 물었다. 정승은 침대에 누워 저녁 먹기 전까지 잠시 자두겠다고 말했다.

—무슨 일이 있었는지 천천히 이야기해줄게.

정승은 스위치를 끈 것처럼 곧 잠이 들었고 수미는 읽던 책을 펼치고 읽으려 하였지만 두어 페이지를 넘기기도 전 잠이 들었다. 잠에서 깨면 정승과 저녁을 먹고 걷다가 커피를 마셔야겠다고 잠결에 생각하였다.

작가의 말

몇 년 전부터 부산 미문화원 방화 사건에 대해 소설로 쓰고 싶다고 생각했다. 그즈음 생각한 것은 지금의 이 소설과는 많이 다른 형태의 소설이었다. 결심만 하고 언젠가 하겠지 하는 마음으로 지냈는데 부산의 어떤 한 장소를 다루는 소설을 써보지 않겠느냐는 부산비엔날레의 의뢰를 받고 이것이 계기가 될 수 있겠다는 생각이 들었다. 그때 쓴 단편 「매일 산책 연습」이 이 소설을 시작하는 데 도움이 되었고, 이후 '주간 문학동네' 연재를 통해 구체화할 수 있었다.

소설에도 언급되는 텐트 연극은 '야전의 달野戦之月'의 〈クオキイラミの飛礫〉라는 연극이다. 대사의 대부분은 일본어이고 쉽지 않은 내용이라 아마 제대로 공연 내용을 이해하지는 못했을 것이

다. 언제나 그렇듯 순간순간 이해했다고 착각한 장면을 무척 좋아하면서 그것을 품은 채 다음 걸음을 향해 나아가고 싶다고 생각했다.

예인씨와 사이토 마리코 선생님이 추천사를 써주셨다. 예인씨와 『사랑하는 개』를 만든 과정을 떠올리면 힘이 난다. 나는 또 그런 방식으로 혹은 생각지도 못한 방식으로 예인씨와 책을 만들어 보고 싶다.

아마 이 책의 끝에는 사이토 마리코 선생님이 쓴 추천사가 들어갈 텐데 82년 부산을 산책하는 또다른 이야기가 소설을 다 읽은 분들에게 새로운 길을 보여줄 것이다. 그런데 걷다보면 이미 가보았던 길일 수도 있고 걸어도 걸어도 처음 가본 길일지도 모른다. 나도 그 산책을 여러 번 그려볼 것이다. 그런 것은 정말로 좋다.

2021년 봄에

박솔뫼

* 본문에 표시된 곳 외에도 부산 미문화원 방화 사건 관련 내용은 『불타는 미국』(김은숙, 아가페, 1988)을 참고하였다. 그 외 『잃어버린 기억을 찾아서』(문부식, 삼인, 2002)와 『달동네 병원에는 바다가 있다』(최충언, 책으로여는세상, 2008)를 함께 참고하였다.

| 추천의 말 |

사이토 마리코(번역가 · 시인)

나는 상당히 산책을 좋아하는 사람이지만 지금까지 가장 좋았던 산책의 기억은 1982년 여름 한국에서 여행을 하다가 보수동에 있던 부산 애린유스호스텔에 묵고 그 주변을 혼자 걸었을 때의 기억이다. 그 건물은 오래전에 사라졌고 이제 두 번 다시 그런 산책을 할 수는 없을 것이다.

82년은 부산 미문화원 방화 사건이 일어난 해이기도 하지만, 교과서 문제가 큰 화제가 됐던 해이기도 하다. 그해 여름, 택시 운전사들이 '일본인 승차 거부'라고 쓰인 종이를 앞 유리창에 붙이고 달리고 있었다. 하지만 어디를 가도 사람들은 매우 친절했고 나는 그들이 풍기는 생명력에 압도당했다.

여행중에 미문화원 근처까지 가서 그 건물을 본 것 같다. 건물 앞에 서 있는 군인들의 모습을 기억하는 것 같기도 하다. 대학생이었던 나는 그 사건을 알고 있었고, 한국에 가기 전 재일교포 선배들과 그 얘기를 하다가 한 선배로부터 "혹시 기회가 있으면 건물만이라도 보고 오라"는 말을 들었던 것도 같다. 그 기억은 아마 사실이겠지만 건물을 본 것이 사실인지 아닌지는 잘 기억나지 않는다. 실제로는 어땠을까?

여행을 마치고 나는 이제 당분간 한국에 가면 안 되겠다는 생각을 했다. 누구나 냉전 구조 속에 갇혀 있으며 나는 그 누구도 도와줄 힘이 없다는 생각이 먼저 들었다. 그때 나는 어떤 미래를 연습하고 있었던가.

그때로부터 벌써 삼십팔 년이 흘렀다. 지금이라는 시간이 미래에도 과거에도 통한다는 것이 왜 이렇게 멋지고 동시에 슬픈 걸까. 그러나 "원하는 미래를 그리고 손으로 만져보기 위해 어떤 시간을 반복해야 할까"라고 작가는 묻는다. 그 해답을 찾으려 애쓰는 것쯤은 나도 할 수 있지 않을까?

현재란 단순히 지금이 아니라 과거와 미래 사이에서 누군가가 줄기차게 계속하고 있는 연습의 시간인지도 모른다. 박솔뫼의 상상력이 그것을 가시화한다. 이 작가는 단언하지 않고, 주저해 말을 선택하면서, 사실과 현실과 진실의 사이를 신중하게 왕래한다.

이 세 개의 '열매' 중 그 어느 것도 흘리지 않고 과거에서 미래로 나르는 일은 매우 어렵다. 하지만 박솔뫼 작가는 용감하게 그리고 아무렇지도 않게 그 일을 해낸다. 산책하러 나온 것 같은 홀가분한 모습으로 말이다.

이 소설은 원을 그리며 마지막이 처음으로 돌아온다. 수미와 윤미 언니와 정승의 이야기가 원을 그리고, 또 작가와 최명환이 만드는 고리가 거기에 겹쳐져 있다. 읽는 사람이 이 고리의 어디에 설 것인지, 어떤 자세로 연습을 하는지에 따라 이 소설은 각기 다른 색깔을 띨 것이다.

이제 열심히 늙어갈 수밖에 없는 내가 할 수 있는 일은 아주 조금밖에 없다. 하지만 "옆으로 뛰는 어린 사람을 응원하고 어딘가로 잘 도착할 수 있을 거야 분명 제대로 도착할 거야 확실하게 말하고"라는 문장을 읽었을 때, 내가 누군가에게 걸고 싶은 말이 여기에 있다고 느꼈다. 그렇게 말하고 싶은 힘이 나에게 아직 남아 있다는 사실에 놀랐고 그렇게 생각하게 해준 '이야기의 힘'에 진심으로 감사했다.

소설 속의 작가가 『티보가의 사람들』의 자크나 앙투안느를 친구처럼 생각하는 것과 마찬가지로, 나는 '물고기 뱃속으로 들어가서 도망갈 거야'라고 생각했던 수미나 '많은 것을 배우는 어른이 되게 도와달라'라고 기도했던 윤미 언니, 그리고 절대로 모욕당한

게 아니라고 믿으면서 달렸던 최명환을 아끼고 살아갈 것이다.

얼마 전 박솔뫼 작가의 일본 첫 단행본인 소설집 『이미 죽은 열두 명의 여자들과』가 출간되었는데 『미래 산책 연습』도 꼭 일본에 소개하고 싶다. 한 시대를 절실하게 살았던 사람들, 특히 여성들의 기억은 어느 시대의 어디에서든 누군가의 연습에 반드시 도움이 될 것이다.

문학동네 장편소설
미래 산책 연습

1판 1쇄 2021년 4월 12일
1판 2쇄 2021년 5월 10일

지은이 박솔뫼
책임편집 김봉곤 | 편집 권순영 김영옥
디자인 엄자영 유현아
마케팅 정민호 이숙재 우상욱 정경주
홍보 김희숙 김상만 함유지 김현지 이소정 이미희 박지원
제작 강신은 김동욱 임현식 | 제작처 영신사

펴낸곳 (주)문학동네 | 펴낸이 염현숙
출판등록 1993년 10월 22일 제406-2003-000045호
주소 10881 경기도 파주시 회동길 210
전자우편 editor@munhak.com
대표전화 031) 955-8888 | 팩스 031) 955-8855
문의전화 031) 955-3578(마케팅) 031) 955-2673(편집)
문학동네카페 http://cafe.naver.com/mhdn
트위터 @munhakdongne
북클럽문학동네 http://bookclubmunhak.com

ISBN 978-89-546-7867-4 03810

www.munhak.com